PAUL GUIMARD

Un concours de circonstances

ROMAN

BERNARD GRASSET
PARIS

A Philippe Rossignol

C'était un soir, il avait plu...

Apollinaire

I

SIMON NÉDELLEC

Allongé sur le sable, au bord du lagon, à l'ombre dansante d'un cocotier, je me souviens de ce jour d'hiver froid et ensoleillé où je partageais avec un jeune couple le compartiment d'un train roulant vers Le Mans. Le garçon et la fille, assis face à face dans les deux coins-fenêtres, échangeaient des regards lourds de connivence et des lambeaux de phrases dans le langage codé des amants de fraîche date, idiome séculaire qui s'accommode d'un vocabulaire indigent d'autant mieux que tous les mots expriment un message unique : je voudrais te baiser ici et maintenant.

Je me souviens de la phrase qui fit soudain « tourner » cette touchante relation bi-univoque, comme tourne un lait dont la matière candide et lisse devient grumeleuse en un instant. Le train traversait une Beauce figée par le gel. La fille dit :

« C'est beau, une plaine sous la neige.

— Où vois-tu de la neige ? dit le garçon.

— Ben, là ! dit la fille.

— Ça va pas, non ? dit le garçon.

— T'appelles pas ça de la neige ? dit la fille.

— Alors là, non, j'appelle pas ça du tout de la neige... dit le garçon.

— Je m'demande c'qui t'faut pour appeler quelque chose de la neige ! » dit la fille.

Assis près du garçon, je ne comprenais rien à l'obstination de ma voisine d'en face. La plaine m'apparaissait noirâtre avec, dans les fondrières, quelques poignées de neige sale, rien qui pût justifier une discussion qui s'aigrissait à vive allure.

« Tu rigoles ou quoi ?

— Si c'est pas de la neige, moi je suis une super-tarée... »

Pressentant l'instant où mon arbitrage serait requis, je pris le chemin du wagon-bar, tournant ainsi le dos à la marche du train, et, ce faisant, je vis ce que voyait la jeune fille : une plaine d'une blancheur immaculée.

Le phénomène ne devait rien à la magie. L'immense champ avait été labouré de telle sorte que les sillons se trouvaient disposés perpendiculairement à la voie ferrée. Il avait sans doute neigé la nuit précédente. La fine couche de poudreuse avait tenu sur les versants des sillons exposés au nord, elle avait fondu sur les autres. La plaine était blanche ou noire selon la position de l'observateur.

Élémentaire, mon cher Watson ! Deux passagers d'un même train, assis face à face dans le même compartiment ne font pas le même voyage. L'un déchiffre un paysage dont les éléments viennent à sa rencontre ; son compagnon n'aperçoit aucun des détails qui constituent le spectacle de l'autre, il les verra un peu plus tard, sous un autre angle, un autre éclairage, donc différents ; et même il ne les verra pas du tout si un obstacle quelconque, un pont routier par exemple, s'interpose entre l'observateur mobile et l'objet regardé. Inversement, le voyageur qui se déplace à reculons découvre un univers caché aux yeux de son vis-à-vis. Cela ressemble à ma vie conjugale. Depuis vingt ans, Isabelle et moi nous déplaçons ensemble dans l'espace et dans le temps face à face plus souvent que côte à côte. Je doute que nous voyions le même paysage.

Au vrai, Isa est entrée dans ma vie à reculons, les raisons qui la faisaient m'aimer lui paraissant déraisonnables. Séduite par mes défauts, elle a longuement redouté la faillite de notre couple ; son entourage lui prédisait ce dénouement ; elle disait douter d'elle-même, façon sournoise de douter de moi. Les perspectives, les espoirs, les fantasmes que j'apercevais à mon horizon, Isabelle attendait qu'ils fussent à sa hauteur pour les considérer ; trop souvent nous en débattions alors qu'ils s'éloignaient déjà de moi.

A quoi bon prendre les mêmes trains ? Pourquoi cette proposition de m'accompagner précisément en Polynésie où la dysharmonie sentimentale est plus pesante que partout ailleurs ? J'ai multiplié les causes de ratage de ces retrouvailles avec le Tahiti de ma jeunesse. En toute occasion — et celle-ci est en or ! — Isabelle professe un anti-exotisme primaire et militant. A la bibliothèque de Poissy, le seul livre qui l'ait tentée : TRISTES TROPIQUES ! Pas de la provocation à proprement parler, mais le souci de fonder par avance des impressions critiques dont elle va poursuivre sadiquement la vérification sur le terrain.

Hélas, Isa ne constitue pas l'unique handicap d'un pèlerinage dont j'aurais dû me dispenser. Le Tahiti d'avant les *jets* et le Pacifique de Mururoa n'ont pas plus de rapports que le garçon de vingt ans ébloui par la découverte du premier et le haut fonctionnaire en mission-prétexte dans le second. En près d'un quart de siècle, lequel a le plus changé du décor ou du personnage ? Et dans quel sens ? La réponse est évidente. En admettant que son âme se décompose, ce pays est physiquement intact à l'exception de quelques pustules de civilisation auxquelles on peut tourner le dos. La Polynésie reste d'une divine, d'une immémoriale jeunesse. A l'inverse, chacun de mes jours est un jour de plus.

L'accueil de Papeete a manqué de chaleur, mais il serait hypocrite de jouir des avantages d'une situation sans en assumer les inconvénients. C'est le chargé de mission du président de la République qu'Air France a gratifié d'hôtesses particulièrement maternelles, d'un salon paisible à l'escale de Los Angeles, de consuls empressés à abolir les formalités de transit, privilèges que la seule fortune ne garantit plus en ces temps où les voyages, fussent-ils de « luxe », s'accomplissent en troupeaux. Que le même chargé de mission se fasse huer sur le parking de l'aérodrome de Faaa, cet incident concernait mon titre et non ma personne. Qui se souvenait de Simon Nédellec à Tahiti ? En tout cas pas le haut-commissaire et son quadrille venus me saluer à la descente d'avion. Pour eux je ne représentais qu'un ensemble de corvées protocolaires assaisonné d'une certaine perplexité quant à mes pouvoirs réels. Conseiller personnel c'est flou, mais le soleil élyséen illumine les lauriers des fonctionnaires et la prudence invite à prodiguer des égards aux personnages de ma sorte. Habilement, le gouverneur, sans aller jusqu'aux honneurs auxquels ma fonction ne me donne aucun droit, s'était entouré d'un bel échantillonnage de porteurs d'uniforme pour conférer à mon arrivée un tour para-militaire. Le salut d'un officier supérieur est plus gratifiant que l'hommage d'un chef de cabinet. Mais si le tapis rouge ne débouchait pas sur un détachement de légionnaires figés dans ce garde-à-vous pétrifié dont ces grands nigauds tirent vanité, en revanche, un peloton de gendarmes mobiles s'efforçaient de faire écran entre les « officiels » et les manifestants venus exprimer au représentant de l'État leur opposition à la politique nucléaire de la France dans cette partie du monde.

Le service d'ordre contrôlait assez bien les pancartes protestataires et les jets de mangues trop mûres, mais restait impuissant à étouffer les slogans scandés par des chœurs de Maoris et de Popaas fraternellement confondus.

« Désolé, dit le haut-commissaire, mais ce n'est que du folklore. Tous les gens sérieux savent que le territoire vit sur les retombées de Mururoa. »

Il regrettait sans doute à cet instant de n'avoir pas prévu la présence d'une clique dont les tambours et les trompettes eussent submergé le tintamarre contestataire. Je tins à le rassurer :

« A côté de ce qu'écrit mon fils dans son journal, les slogans de vos écologistes sont plutôt sages ! »

Lisait-il les éditoriaux incendiaires de Ronan ? Dans mon camp politique, on ne compte plus les fils qui s'affrontent aux pères. La gauche ne connaît pas son bonheur ! En bon manœuvrier, le haut-commissaire saisit l'occasion de personnaliser nos rapports :

« Entre nous, je ne serais pas surpris que mon propre fils soit parmi ces braillards. »

J'ai mesuré dès cet instant la vanité de mon regard en arrière à la mémoire de l'élève officier Simon Nédellec embarqué sur la *Jeanne* pour le classique voyage de prestige du navire-école autour du monde, midship ébloui débarquant ici la tête farcie de Bougainville, de Segalen et de Loti. Et cette providentielle révision mécanique qui avait prolongé l'escale assez longtemps pour me donner l'illusion de découvrir ce pays et ce peuple... L'aérodrome n'était qu'un lointain projet. Les visiteurs venaient de la mer, peu nombreux à cause de la longueur du voyage, assez peu nombreux pour être accueillis à bras et cœur ouverts. Aujourd'hui, à l'âge des charters, les compagnies aériennes entretiennent à l'année des escouades de vahinés à l'intention de hordes de touristes pour perpétuer un rituel devenu caricatural.

Isabelle a pris un plaisir pervers à la cérémonie d'accueil et ses préventions se trouvaient justifiées à ravir par les déhanchements des hôtesses en paréo nous surchargeant de colliers de frangipanier, de couronnes de tiaré en scandant des IA ORA NA de commande. Ce folklore de pacotille la vengeait de mes nostalgies polynésiennes trop souvent exploitées dans les innombrables dîners « en ville » qui jalonnent une carrière comme la mienne. J'aurais voulu lui dire que cette comédie ne prouvait rien, qu'une certaine forme de réussite sociale fait qu'en beaucoup d'occasions, le protocole et la spontanéité sont incompatibles. Jadis, nous nous serions insultés chaleureusement sur ce chapitre. Les temps sont révolus des controverses joyeuses. Nous en sommes à l'ère des silences courtois et vénéneux.

« Si vous le souhaitez, dit le haut-commissaire, à la résidence je vous résumerai la situation sur le terrain et ce soir vous présiderez l'ouverture de la session de l'Assemblée territoriale. »

Tel est l'alibi du voyage et je commence à être rompu à ce rôle : une session à laquelle la France souhaite donner un certain lustre sans pour autant ouvrir la porte à des initiatives politiques inopportunes à cette heure. Un conseiller personnel offre en pareil cas le comble de la commodité. Comme dit Georges :

« Un ministre c'est dangereux ; au troisième toast, il ne résiste pas à lâcher le mot de trop qu'on n'en finit pas de démentir. Un secrétaire d'État ça fait pauvre. Toi tu me touches de près, tu es tout et rien, c'est l'idéal. »

Il aurait pu se dispenser d'ajouter :

« On me dit qu'Isa t'accompagne... Emporter sa bière à Munich... Après vingt ans de mariage, chapeau ! »

Cette touche de trivialité calculée m'autorisait à ne pas répondre. L'ami quêtait une réponse à une question que le Président ne voulait pas poser. Je ne pouvais pas mêler Karine à ma mission, mais voyager avec Isabelle, compte tenu des embardées de notre vie privée — très peu privée car dans « nos milieux » on a la vue perçante —, justifierait une explication que je suis incapable de formuler.

D'instinct je sens que nous filons un mauvais coton conjugal. J'avais sottement espéré qu'une semaine de vacances nous permettrait de faire ce fameux *point* dont parlent tant les couples en dérive, mais il ne suffit pas d'être loin de tout pour se rapprocher l'un de l'autre, contrairement à une illusion tenace. D'autant moins que Tahiti et ses paradis satellites, s'ils fortifient les passions amoureuses, dénoncent et aggravent les lignes de fracture des amants désunis.

Les Maoris possèdent le don de déchiffrer les paysages intimes ; les vahinés surtout savent diagnostiquer l'état de santé sentimental d'un couple au premier coup d'œil avec une infaillibilité qui tient de la magie. Nous voici donc nus, Isabelle et moi, puisque les autres nous voient tels que nous sommes. Dans le clair-obscur des soirées parisiennes, nos lézardes se remarquaient moins qu'à la grande lumière du lagon.

« ... M. Simon Nédellec, conseiller du président de la République, profite de son voyage officiel à Tahiti où il a présidé la cérémonie d'ouverture de la session de l'Assemblée territoriale, pour prendre quelques jours de détente à Moorea, en compagnie de sa charmante épouse. »

Tu parles ! M. Simon Nédellec passe quelques jours de tension très évitable dans un paysage à faire rêver les amoureux du monde. Entre toutes les merveilles semées sur l'immensité du Pacifique, Moorea rassemble des sortilèges que je retrouve intacts après tant d'années. Le bungalow qui abrite notre vain tête-à-tête s'ouvre sur une partie large du lagon. Il suffit de quelques pas sur le sable de corail pour entrer sans y prendre garde, tant les températures de l'air et de la mer sont voisines, dans une eau si transparente que le nageur ne perd jamais de vue son ombre sur le fond. Des poissons aux couleurs retentissantes peuplent cet aquarium sauvage dont la frontière est le récif-barrière ourlé du rouleau d'écume que fait la houle en se fracassant sur l'obstacle. De l'autre côté c'est le tombant, le bleu profond de Moana, les requins pâles qu'on voit partout, quand la vague est très haute, passer en transparence comme de mauvais anges.

Isabelle, que l'invitation à m'accompagner dans ce voyage a prise à contre-pied, ne cherche pas le contact. Retranchée derrière une irréprochable égalité d'humeur, elle attend que je parle, que j'ouvre le débat, sachant que celui qui jette la première pierre se découvre et s'expose.

Dire quoi ? Un temps fut où rien n'était plus important pour moi qu'un soupir d'Isabelle. Et ces violents désirs qui nous ont possédés, faut-il admettre qu'ils se décolorent, faut-il accepter de vivre sous le régime de la neutralité bienveillante ?

En face, Tahiti, la tête dans les nuages, les pieds dans la mer... En ce moment Karine pourrait être à côté de moi, nue et dorée sur le sable blanc, attentive et complaisante à mes souvenirs qui, pour elle, ne sont pas des rengaines. Au pire, je risquais des échos goguenards dans la presse. Quelle importance ?

Je dis « quelle importance ? » à présent que je ne risque plus rien mais je ne jurerais pas que cette médiocre crainte n'ait pas orienté ma décision noblement maquillée en désir d'explication franche et loyale. Mais en trois jours, mes arguments et mes arrière-pensées rangés en ordre de bataille sont restés au vestiaire avec les cravates et les chaussettes de la vie courante.

Ruisselante, Isabelle vient me rejoindre à l'ombre des palmes où je suis réfugié. Elle n'est pas « encore » belle. Elle est belle. Elle s'allonge sur le *pareu* qui gardera, saint suaire profane, l'empreinte humide de ce corps si proche du mien, si loin de moi !

« C'est très gentil de m'avoir emmenée avec toi. Je comprends que tu aimes ce pays, il te ressemble : facile à vivre à condition de se contenter des apparences. »

Puis elle ferme les yeux, façon d'indiquer qu'elle n'ouvrira plus la bouche.

Pensons à autre chose et d'abord à la note que je dois rédiger sur cette mission. Il y a peu à dire si l'on s'en tient aux faits ; mais faut-il croire les rapports administratifs plutôt que les hautaines imaginations du Segalen des *Immémoriaux* qui avait su voir la violence sous les colliers de fleurs et, dans la mémoire des Maoris, des images aux couleurs moins suaves que le bleu des mers du Sud ?

Après tout, cette note j'aurai tout le temps de la mettre en forme dans l'avion du retour.

2

LE MATIN

Karine Velle a été trouvée morte à son domicile de la rue de Bourgogne. C'est la femme de ménage martiniquaise de la comédienne qui a fait la funèbre découverte. Selon ses déclarations, la jeune femme était étendue sur son lit, on aurait pu croire qu'elle dormait, sans une pâleur anormale et surtout le fait qu'elle était nue sur la couverture, ce que la température de la pièce ne justifiait pas.

L'absence de toute trace d'effraction ou de lutte semble écarter l'hypothèse d'un crime. En revanche, la découverte sur la table de nuit d'un tube de somnifères vide incite les enquêteurs à retenir l'hypothèse d'un suicide. On ne peut rien affirmer avant de connaître les résultats de l'auto-

psie mais la police compte interroger toutes les personnes qui ont été en rapport avec la comédienne au cours de ces derniers jours.

Celle qui s'appelait encore Karina Alexaïa était apparue à la une des journaux il y a cinq ans, lorsque, danseuse des ballets Moïsseiev, elle avait profité du passage de la troupe à Paris pour choisir la liberté. Elle est plus tard devenue célèbre en épousant Bernard Velle, le metteur en scène qui lui avait donné la vedette du feuilleton La Belle Étrangère. *Le charme indéniable de Karine Velle avait été pour beaucoup dans le succès de cette assez médiocre série. Le mariage n'avait pas été une réussite puisque Bernard et Karine Velle devaient divorcer après deux ans. La carrière de la jeune Russe s'annonçait bien. Elle avait vingt-six ans.*

On va pleurer dans les chaumières.

3

LOUISIANE BOUILLON

Une chose pareille, ça n'est vraiment pas intéressant. D'abord, j'aimais bien Mademoiselle Karine et quand on travaille chez les personnes, elles ne sont pas toujours gentilles avec vous, surtout quand vous êtes Martiniquaise, la moitié se figurent que vous êtes Nègre et on est traitée en conséquence. Mademoiselle Karine était vraiment gentille, surtout pour une étrangère et, ça, c'est une chose que les gens bêtes ne réfléchissent pas, qu'une Antillaise est beaucoup plus Française qu'une Blanche comme Mademoiselle Karine qui est juste devenue un peu Française par son mariage tandis que moi, je suis Française complète mais ça ne se voit pas. Vraiment gentille... Et ce n'est pas intéressant du tout de l'avoir trouvée morte, d'abord parce qu'elle est morte, ce qui me fait beaucoup de chagrin, et aussi parce que c'est moi qui l'ai trouvée et que tout le monde me tombe dessus.

Quand je suis entrée dans la chambre, j'étais dans mon bon droit puisque j'avais frappé comme d'habitude et qu'elle n'avait pas répondu. Comme j'ai dit à l'agent de police en civil, si Mademoiselle Karine me laisse une clé, c'est justement pour faire le ménage quand elle n'est pas là, c'est facile à comprendre. N'empêche que si j'avais su je ne serais pas entrée, ça ne changeait rien pour elle et il ne se serait pas passé deux choses... Premièrement le coup. Quand vous trouvez une personne qui a été vivante et qui est morte, vous avez un coup, surtout si elle n'a pas de raison d'être morte. Deuxièmement, tout le monde me demande des explications et j'ai d'autres choses à faire étant donné que mon travail, personne n'ira le faire pour moi et que j'ai déjà perdu quatre heures depuis ce matin, ce qui n'est vraiment pas intéressant.

L'agent de police en civil n'est pas mieux que ceux en uniforme et même moins poli et ce n'est pas la peine d'être agent pour poser des questions qui n'ont ni queue ni tête. En tout cas, quand il s'est permis de dire que Louisiane Bouillon c'était un drôle de nom, un des agents en uniforme, qui m'a dit après qu'il était de Grand-Rivière comme moi, lui a répondu que chez nous ce n'était pas un drôle de nom du tout et l'agent en civil lui a dit que c'était nouveau que les gardiens se mêlent de répondre aux inspecteurs.

« Comment avez-vous deviné qu'elle était morte ? Vous l'avez touchée ? »

J'appelle ça des questions bêtes. Quand un corps a perdu son âme, on n'a pas besoin de toucher pour le savoir. Même si la personne est installée comme pour dormir, c'est facile de voir qu'il n'y a plus rien dedans.

« C'était son habitude à votre patronne d'être à poil ? »

Mademoiselle Karine n'était pas « à poil », ce n'est pas son genre mais c'est vrai qu'elle était déshabillée et ça m'a beaucoup étonnée parce que d'habitude elle avait toujours quelque chose sur elle, même en sortant de la salle de bains et ça j'aime bien parce que je n'aime pas les personnes chez qui on travaille qui se promènent avec tout leur bazar à l'air et ce n'est pas pour vous le montrer mais parce que vous ne comptez pas, vous n'êtes pas plus qu'un aspirateur. Pour moi elle n'a pas eu le temps de s'habiller avant de mourir.

« La dernière fois que vous êtes venue, avez-vous remarqué combien il y avait de pilules dans le tube sur la table de nuit ? Est-ce qu'elle vous a paru normale ? Est-ce qu'elle recevait des hommes ? Est-ce que vous connaissiez Monsieur Nédellec ? Est-ce qu'il venait souvent ? Est-ce qu'il en venait d'autres ? »

Je ne lui ai pas envoyé dire que j'étais employée de maison et pas gardienne d'immeuble et que, quand on fait le ménage l'après-midi, ça ne veut pas dire qu'on sait ce qui se passe aux autres moments. Il a pris ça sur le bec et il n'a plus su quoi répondre, ce qui prouve que, pour un agent en civil, il n'est pas le gratin parce que n'importe qui sait qu'une femme de ménage n'a pas besoin d'être là pour savoir ce qui se passe dans une maison, rien qu'avec les cendriers, la vaisselle, les serviettes de la salle de bains, sans parler du lit et ainsi de suite.

C'est vrai que Mademoiselle Karine avait des amis et qu'elle en gardait quelquefois pour la nuit mais c'est normal puisque quand j'ai commencé le ménage chez elle, elle n'était déjà plus mariée, sans compter qu'avec la Télé, dans *La Belle Étrangère*, tout le monde avait vu comme elle était honnête et courageuse et comme en plus, la Télé montre si une personne est bien faite, ce n'est pas étonnant que les hommes aient tourné autour.

Pour les pilules, là non, je ne sais pas. Il y a toujours eu des tubes comme ça sur la table de nuit et ça ne prouve rien parce que chez mes autres patrons, il y a exactement les mêmes pilules.

Total, il va falloir que je retrouve trois heures de ménage l'après-midi, dans le quartier puisque mes autres patrons sont dans le quartier et que s'il faut commencer par prendre le métro pour aller chez les uns, chez les autres, ce n'est pas une solution. Le plus dur, ce n'est pas de trouver des heures parce que tout le monde cherche des femmes de ménage, mais c'est de trouver des personnes comme Mademoiselle Karine qui sont convenables et même gentilles. C'est incroyable comme les patrons sont souvent pas intéressants du tout. Naturellement, on n'est pas maltraités parce que ça ne se fait plus, mais on n'est pas bien traités et le plus bizarre c'est qu'ils ne font pas exprès, au contraire, parce qu'ils ont tellement peur qu'on ne vienne plus, qu'ils essayent d'être gracieux, mais ça ne marche plus dès qu'ils pensent à autre chose et ils pensent à autre chose tout le temps. On ne peut pas expliquer ça à quelqu'un qui n'a pas été employé de maison, comme un mot qui n'est pas désagréable pour n'importe qui, est désagréable pour une employée de maison. Par exemple, une phrase que mon ancien patron du matin a dit à sa femme : « Gisèle, il n'y a rien à faire, elle peut s'habiller chez Dior, elle a toujours l'air d'une bonniche. » Quand je suis partie, la semaine d'après, ils n'y ont rien compris, ils me disaient : « Est-ce qu'on n'est pas gentils avec vous ? Est-ce que c'est une augmentation que vous voulez ? » Je n'ai même pas essayé de leur expliquer qu'ils disaient sans arrêt des choses pas intéressantes pour moi, comme si je n'étais pas dans la pièce et comme ils ne le faisaient pas exprès, ils n'auraient pas pu s'arrêter de le faire. Quand on n'est pas bien quelque part, le travail devient dégoûtant, c'est ça qu'il faudrait comprendre.

Sur le moment, quand j'ai vu Mademoiselle Karine sur son lit de mort, je n'ai pas pensé qu'il faudrait que j'aille ailleurs et pourtant c'est triste pour nous de changer. Premièrement je n'ai même pensé à rien du tout à cause du coup que ça m'a fait de la voir sur son lit, les yeux fermés, comme dans *La Belle Étrangère*, le soir de son mariage avec le fils de grande famille, sauf qu'à la Télé, elle avait une chemise de nuit transparente et c'est là qu'elle est devenue célèbre. Je me suis assise parce que je ne pouvais pas rester debout. Avant que je commence à avoir du chagrin, je me suis dit : il est nécessaire que j'appelle le docteur, mais quand j'ai demandé à la concierge, elle m'a dit : « Il est préférable d'appeler Police-Secours. » Total, on a eu les agents et l'agent en civil, celui-là, je ne l'aime pas du tout mais il va falloir que j'aille au commissariat pour ma déposition et en plein dans mes heures de travail que personne ne va me payer. Je sais bien que Mademoiselle Karine est encore plus à plaindre mais tout de même, ce n'est pas intéressant pour moi.

Pour les pilules, je ne peux pas dire, pour la bonne raison que c'est toujours elle qui jetait les boîtes vides et naturellement je ne regardais pas ce qui restait dans les pleines. Mais si l'agent en civil croit qu'elle s'est détruite, il faut qu'il soit vraiment bête parce que moi je connais Mademoiselle Karine et je sais très bien que si elle avait fait ça, elle se serait couverte pour que n'importe qui ne la voie pas toute nue en entrant. Ce n'était pas son genre. Total, tous les agents, même celui de Grand-Rivière, ont fait des plaisanteries qui devraient faire honte, même à des hommes.

Je n'ai pas dit que j'avais vu plusieurs fois Monsieur Nédellec à la maison parce que je n'ai pas de raison d'aider un policier qui est désagréable avec moi. La première fois que je l'ai vu, je l'ai reconnu parce qu'il passe quelquefois à la Télé, dans le journal. Ils étaient habillés normalement tous les deux et ils faisaient semblant de parler normalement mais, comme on dit, quand des personnes ont emmené leur derrière à la fête, ce n'est pas sorcier à deviner. Je l'ai revu d'autres fois. Il était vraiment gentil, sauf que j'ai vu dans *Jours de France* une photo de lui avec sa femme et c'est malheureux quand l'homme court à droite et à gauche mais enfin ce n'est pas mes affaires.

Où j'ai commencé à avoir vraiment du chagrin c'est quand le civil a dit qu'il allait emporter le corps. Je trouve trop triste que Mademoiselle Karine soit devenue un corps.

4

VICTOR PAMANSKI

Ce n'est pas souvent drôle d'être flic. Ce n'est jamais drôle d'être flic en France. C'est encore moins drôle à Paris. C'est carrément insupportable dans les beaux quartiers. Chez les prolos un flic se fait charrier mais le courant passe, même si cela provoque des étincelles. Dans les beaux quartiers j'ai toujours l'impression d'être une crotte de chien. Pourtant les gens d'ici ont beaucoup plus besoin de moi qu'un métallo de Billancourt. Retirez les flics du 7e arrondissement pendant quarante-huit heures et vous verrez le travail! Il n'empêche que si vous enquêtez boulevard Saint-Germain on vous fait bien sentir que vous êtes le représentant d'une sous-caste à ne toucher qu'avec des pincettes.

Quand le patron m'a expédié rue de Bourgogne pour les premières constatations sur la mort de Karine Velle, j'ai tout de suite senti que le climat ne serait pas particulièrement chaleureux. La concierge a commencé par me cracher qu'elle n'était pas concierge mais gardienne d'immeuble. En réponse à ma question, elle a indiqué d'un mouvement de menton le tableau des locataires qui ressemble à un extrait du Bottin mondain.

Karine Velle, première cour, ascenseur gauche, deuxième étage.

Le boudin créole qui fait femme de ménage chez la morte a répondu à mes questions avec une mauvaise volonté frôlant l'outrage à agent de la force publique.

Chaque fois que je me trouve confronté à ce mépris sournois qui nous entoure, je me dis que la société ne tourne pas rond et je crois savoir pourquoi. L'année dernière, lorsque nous avons passé un week-end à Amsterdam, Annie et moi, nous sommes allés au Rijksmuseum, bien entendu, et bien entendu nous sommes restés un quart d'heure à regarder la *Ronde de Nuit* en profitant des explications du guide d'un voyage organisé.

Annie aime beaucoup la peinture. Elle a enregistré soigneusement les lambeaux de discours qui arrivaient jusqu'à nous : ... réaction contre les écoles italiennes... grande hardiesse de facture... concentration de la lumière sur les personnages centraux, comme un coup de projecteur ou une auréole lumineuse... l'art de l'ombre... Moi, ce qui me faisait rêver dans la *Ronde de Nuit* n'était pas le clair-obscur mais le sujet de la toile. Ces hommes armés qui partaient en patrouille étaient des artisans, des commerçants, certains des bourgeois riches à en juger par leurs vêtements. Ils allaient veiller sur la sécurité de leurs concitoyens. Ils allaient faire un travail de flic. En ce temps-là, en ce lieu-là, chacun faisait sa part du sale boulot. Le type, au milieu de la toile, avec son pourpoint de velours, son écharpe rouge brodée d'or et son col en dentelle habitait sans doute un hôtel particulier sur un canal mais il avait la connaissance pratique de ce que sont un ivrogne, un sadique, un assassin ou un simple petit voleur. Il acceptait de se salir les mains. Il est malsain pour l'hygiène sociale que la majorité des gens puisse passer toute une vie en évitant de savoir qu'il y a des égouts, des malades infects, des ordures pas seulement ménagères, des vieillards gâteux, des perversions répugnantes, des épaves dangereuses, toute la gamme des tarés et des salauds qui défilent devant nous. Il est encore plus malsain de condamner des gens à perpétuité à vider des poubelles, torcher des débiles ou toiletter des morts. Quarante ans éboueur, quarante ans infirmière d'asile... Et moi, en quel état seraije après quarante ans de flicaille ?

Cette affaire me rend maussade. Il y a pourtant des épreuves plus pénibles que de regarder Karine Velle à poil sur son lit mais voilà : elle est morte ! Quand on rencontre quelqu'un de bien dans mon métier, il est généralement mort ou en mauvais état.

Il faut que je soigne mon rapport parce que cette morte ne va pas passer inaperçue. Je suis même surpris que le patron ne se soit pas dérangé en personne, ce qu'il fait toujours s'il renifle une bonne odeur de journaliste. Prudence ? Il m'a conseillé d'y aller sur la pointe des pieds, parce que la fille sortait avec un conseiller du Président. Noté !

Les premières constatations me paraissent assez simples. Crime ? Je ne crois pas : aucune trace de violence sur le corps, aucun désordre dans l'appartement. On n'a touché ni aux bijoux dans le tiroir de la coiffeuse, ni à l'argent dans le sac à main. Par routine, j'ai fait relever les empreintes dans la chambre mais je commence à savoir déchiffrer sur un visage les stigmates du crime. Pas de trace de panique sur le visage de la fille, une expression paisible, reposée. La Martiniquaise n'a pas manqué, entre deux reniflements, de me servir le classique : « on dirait qu'elle dort ».

Suicide ? Probable, si l'on s'en tient au tube de somnifères vide sur la table de nuit. L'autopsie le dira. Auquel cas j'éplucherai dans le détail les papiers que j'ai enfermés à clé dans le secrétaire. On ne se suicide jamais sans dire pourquoi, fût-ce par des confidences involontaires.

Mort naturelle ? Là encore, la parole est au médecin légiste. Ce serait l'hypothèse la plus confortable mais l'opinion ne s'y résoudra qu'en désespoir de cause.

A propos de somnifères, j'aurais mieux fait d'en prendre au lieu de me retourner dans mon lit au risque de réveiller Annie. Qu'est-ce qui m'empêche de dormir ? Peut-être l'image de ce corps superbe qui a fait rêver des millions de gens et qui est en train d'être surgelé à la morgue en attendant la décision du Parquet de le découper suivant des pointillés macabres et de le mettre en pièces pour notre édification. Sur ce chapitre je ne suis pas encore blindé. Les images que je veux censurer me poussent à chercher refuge au plus près du corps bien tiède et bien vivant qui me tourne le dos dans cette posture en chien-de-fusil qui, plus que toute autre, découvre entièrement le sexe de la femme. Annie est au seuil du réveil. Elle est douce, chaude, un peu moite. Je suis toujours bouleversé par son odeur nocturne, quand les parfums artificiels se sont évaporés et que les détestables déodorants cessent de faire écran à la vraie senteur de la chair. Si mon contact se fait plus insistant, Annie va tourner la tête vers moi, m'embrasser au hasard d'une bouche ensommeillée. Puis elle va se déployer en gémissant de bien-être. L'un de ses bras va lentement faucher l'air et s'abattre sur moi et, suivant le mouvement, tout son corps va basculer vers le mien, contre le mien, sur le mien. Les yeux encore clos, elle va me laisser la chercher et la prendre sans hâte en attendant que le plaisir survienne et l'éveille tout à fait.

Nous ferons l'amour elle, moi, et par éclairs Karine.

5

MARIE NÉDELLEC

Chic, la vieille Ruskoff de papa est crevée. Depuis deux ans, elle nous pompait l'air. On va pouvoir respirer. Quand je dis on, ça veut dire je. Quand j'ai lu la nouvelle sur les affiches des kiosques à journaux, en sortant du lycée, j'ai dit à Christine : « Tu viens, je t'offre un coca-rondelle. » Elle n'a rien compris parce que je n'aime pas le coca-rondelle et je n'aime pas beaucoup Christine.

Elle a dit : « Pourquoi ? »

Naturellement, je n'allais pas lui expliquer « Mort de la Belle Étrangère. Crime ? Suicide ? Accident ? »

Crime, suicide ou accident, ça m'est super-égal. L'essentiel, c'est qu'elle ait débarrassé le plancher.

Je crois que maman s'en fichait que papa sorte avec cette salope, mais pas moi. D'abord, je l'ai toujours trouvée tarte, même avant, à la télé, dans ce feuilleton débile. La seule chose qu'elle savait faire, c'était de montrer ses pis de vache presque jusqu'aux boutons et ses cuisses presque jusqu'aux poils. Tu parles d'un talent ! Un type comme papa qui a une femme comme maman et toutes les filles bien qu'il veut, tomber sur cette pute, c'est incroyable. D'ailleurs je ne l'aurais pas cru si je ne les avais pas vus, par hasard. Ce que ça peut être con les coïncidences ! Si je n'étais pas allée rue de Bourgogne à l'anniversaire de Vanessa, si je n'avais pas pris l'ascenseur, si je ne m'étais pas amusée à regarder les paliers de l'immeuble de l'autre côté de la cour qui défilaient comme au cinéma... Ils étaient debout sur le pas de la porte de la Russe et papa lui filait un vrai patin dégoûtant. Il me tournait le dos, mais je l'ai reconnu tout de suite avec son allure de prince et ses frisettes adorables dans le cou.

« Qu'est-ce que tu as ? » m'a dit maman quand je suis rentrée à la maison.

J'ai dit n'importe quoi, que j'avais mes mickeys, que je voulais dormir.

Avant le dîner, papa est venu me dire bonsoir et

demander des nouvelles. Je me suis débrouillée pour qu'il ne m'embrasse pas. S'il m'avait mis de la bave de Russe sur les joues, je crois que j'aurais gerbé dans mon lit.

Il m'a demandé ce que j'avais fait l'après-midi, mais il s'en fichait complètement. Je lui ai dit que j'étais allée à l'anniversaire de Vanessa, rue de Bourgogne. Là, il ne s'en fichait plus du tout. Il a dit :

« Où ça rue de Bourgogne ?

— Au 107. »

On voyait bien que ça lui faisait un drôle d'effet. Il a toussé. Il a dit « Ah ! bon ». Il a retoussé. Puis il a dit :

« Justement, je suis passé par la rue de Bourgogne, dans la soirée. C'est drôle, on aurait pu se rencontrer. »

J'ai dit : « Oui, c'est marrant. »

Il a dit : « Heu... Tu vas souvent chez cette Vanessa ? »

J'ai dit : « Non, presque jamais. »

C'était vrai. Mais à partir de ce jour-là, j'y suis allée le plus souvent possible. Ce ne sera jamais une vraie copine, mais de la fenêtre de sa chambre, on voit la cour du 107, et, au deuxième, la grande fenêtre de la pute. L'été, elle ouvre la fenêtre, l'hiver, elle allume l'électricité, total on voit très bien ce qu'elle fait toute l'année.

Vanessa, qui est un peu nunuche, s'est quand même aperçue que je lorgnais sa voisine d'en face.

Elle m'a dit :

« Tu la reconnais ? C'est Karine Velle... Ben, tu sais, non ? La Belle Étrangère à la télé. »

J'ai dit : « Je ne regarde pas les feuilletons de concierges. »

Quand papa doit venir, la pute ferme ses rideaux.

Depuis l'histoire de l'ascenseur, c'est plus pareil, papa et moi. Il ne sait pas si je l'ai vu. Il se doute que je me doute, mais il n'est pas sûr. Moi non plus, je ne suis pas sûre qu'il est sûr que j'aie vu. C'est une vraie panade. On ne se parle plus. Je veux dire qu'on ne se dit rien. On prononce des paroles qui ne veulent rien dire, avec plein de blancs autour. Papa, qui s'est toujours foutu au maximum de mes histoires de lycée, n'arrête plus de me casser les pieds avec mes programmes, mes notes, mes professeurs, et est-ce que j'ai déjà une idée pour plus tard... ? Tout ça dans le style : « tu vois, je te cause comme à une adulte ».

Une fois, on s'est trouvés nez à nez sur le trottoir de la rue de Bourgogne, pas loin du 107. Trop tard pour faire mine de ne pas se voir ! Il a dit :

« Tiens, c'est... heu... Tu vas chez ton amie Vanessa ? Heu... moi, je vais... à Matignon... »

Il m'a accompagnée jusqu'au porche du 107, puis il a continué vers la rue de Varenne. C'est pratique d'avoir un alibi à côté de son baisoir !

De chez Vanessa, j'ai vu que les rideaux de la pute étaient fermés. Au bout de dix minutes, elle les a ouverts. Papa avait dû téléphoner qu'il était coincé. Elle est venue fumer une cigarette devant la fenêtre. Elle avait juste un jean et une chemise genre marlborough-cow-boy à moitié déboutonnée.

Vanessa m'a dit : « Pourquoi tu ris ? »

Je riais parce que je pensais que ce n'était pas cette fois-ci que la Russe allait s'éclater avec mon père.

Et voilà qu'elle est morte ! Crime ? Suicide ? Accident ? L'accident c'était qu'elle soit vivante.

Christine se demande pourquoi je lui ai offert un coca-rondelle si c'est pour ne pas dire un mot. Je réfléchis.

Avec le décalage horaire, ils ne doivent encore rien savoir à Tahiti.

Peut-être que ça ira mieux, maintenant, entre papa et moi. De toute façon, ça ne peut pas être pire.

6

BERNARD VELLE

Je ne peux pas y croire. Plus précisément, je ne parviens pas à imaginer Karine morte. Mon téléphone est branché sur le répondeur automatique. Je ne veux plus parler aux journalistes qui m'assiègent.

« Vous qui l'avez connue et aimée, pouvez-vous expliquer... »

Aimée, oui, connue, non. Karine n'était pas une fille qu'on connaissait. Quant à expliquer ! Même nos trois ans de vie commune restent une énigme pour moi. Je sais comment nous avons cohabité mais j'ignore pourquoi. J'ai rencontré Karine par hasard, elle m'a épousé par nécessité, nous nous sommes séparés pour des raisons mystérieuses. Cela restera sans doute la grande affaire de ma vie.

C'était un soir, il avait plu. Je sortais des studios de la rue Cognacq-Jay après avoir réalisé — si l'on ose dire — une de ces émissions alimentaires qui sont le pain amer de tout metteur en scène de télévision. Un député ayant exercé pendant six mois les fonctions éminentes de sous-secrétaire d'État aux timbres-poste n'avait pas résisté à l'envie d'écrire un livre sur cette grande aventure et le ministère de la Culture nous avait fermement suggéré de collaborer à la promotion de cette entreprise.

Il avait plu, c'était le soir et, en traversant le pont Alexandre III, j'ai marqué une pause pour jouir du spectacle. Par les déchirures de ces ciels mouillés, le soleil peint en safran la Seine et les palais qui la bordent. La lumière change à vue d'œil, vers le couchant, avant l'apothéose pourpre et dramatique qui précède le crépuscule. En filmant à dix images-seconde, on aurait un plan-séquence superbe.

Nous étions deux, sur le pont Alexandre III, à nous en mettre plein les yeux. L'autre était Karine. Je l'ai reconnue tout de suite. Les magazines avaient fait un sort à sa fugue et, en étudiant ses photos, j'avais pensé, sans m'attarder à cette idée, qu'elle était le personnage du feuilleton *La Belle Étrangère* dont j'achevais le découpage.

A voir Karine au naturel, mon impression devenait évidence. Aucune des comédiennes qu'on me proposait ne collait au rôle d'aussi près, et ma volonté de le confier à une inconnue n'était pas une coquetterie de metteur en scène — nous rêvons tous à Pygmalion ! — mais une démarche logique. Le scénario exigeait que le personnage soit entouré de mystère et, donc, que les spectateurs ne risquent pas d'être distraits par des réminiscences. Pour ce qui me concerne, je déteste revoir la Célimène du jour sous les traits de la Mère Courage de l'année précédente.

J'ai surmonté la crainte de la situation caricaturale du type : « Mademoiselle, je suis metteur en scène, voulez-vous être la vedette de mon prochain film, venez donc chez moi voir mes estampes japonaises. »

Karine m'a causé deux surprises. D'abord, de parler un français irréprochable avec juste la trace d'accent qu'il fallait. J'ai compris pourquoi par la suite. Puis, quand je lui ai proposé de tourner un bout d'essai, elle a répondu simplement :

« Quand vous voudrez. »

Sans réticences. Sans la valse-hésitation qui est de règle.

La direction de la chaîne n'a pas trop renâclé. Comment l'eût-elle fait ? Karine s'imposait dans ce rôle et sa présence rayonnante dans le moindre plan assura le succès du feuilleton.

Nous en étions à peu près au milieu du tournage. Nos relations restaient professionnelles, amicales, sans plus. Un soir, au restaurant, Karine m'a dit :

« Demain, je dois aller à la préfecture pour faire viser mon permis de séjour ; cela ne pose pas de problèmes mais je ne supporterai pas éternellement cette situation. Accepterais-tu de m'épouser ? Ainsi, je deviendrais Française. »

Le violet de ses yeux restait transparent. En souriant, elle ajouta :

« Inutile de préciser que tu seras libre de divorcer à ta guise. »

Aujourd'hui encore, j'évite d'analyser les raisons de mon acceptation car je doute qu'elles soient toutes honorables et la moins reluisante est ma complaisance aux perspectives publicitaires attachées à cet arrangement.

Ce qui continue de me troubler n'est pas l'aspect administratif de l'affaire, somme toute assez banal, mais le fait que Karine soit devenue vraiment ma femme. Au soir de notre mariage à la sauvette, elle est venue chez moi, s'est déshabillée, étendue sur le lit et m'a fait l'amour.

Je ne nourris aucune illusion sur mon physique. Je suis trop petit, avec un grand nez, des yeux sans lumière et des dents affreuses. Même pas cette laideur intéressante qui fait dire : « Il a de la gueule. » Je n'ai pas de gueule, hélas ! Je suis simplement moche. C'est une terrible disgrâce qui n'attendrit personne. On éprouve une compassion instinctive pour les borborygmes d'un muet. Un moche ne peut espérer rien de tel et, pourtant, les deux infirmités sont comparables. L'incapacité d'incarner sa pensée dans des mots est sans doute pesante mais on dispose de quelques substituts. Un beau visage peut tout exprimer par un simple regard et le langage d'un corps est souvent bouleversant. En revanche, comment se résigner à la prison d'un physique qui non seulement ne laisse rien deviner de vos sentiments, mais les altère, les dénature ? Je me crois l'âme plutôt droite, simple, paisible en tout cas, et mes traits ne suggèrent que fausseté, vulgarité, concupiscence médiocre. Depuis l'enfance, on se méprend sur mes pensées parce qu'une perverse combinaison de nerfs et de muscles les trahit. Si Camus avait été laid, il n'aurait pas écrit : « A partir d'un certain âge, on a la gueule qu'on mérite. » Je ne mérite pas d'avoir l'air faux, veule et balourd, mais c'est un fait et bien peu de gens se donnent le mal d'aller au-delà des apparences. On ne voit pas les larmes d'un poisson.

Cependant, deux années durant, Karine devenue ma femme a été ma maîtresse sans effort apparent, avec assez de spontanéité pour m'épargner le soupçon que, ce faisant, elle honorait un contrat.

Elle ne parlait pas volontiers d'elle-même. J'ai pourtant appris deux ou trois choses. Que son père, ancien pilote de l'escadrille Normandie-Niémen pendant la guerre, avait demandé et obtenu la nationalité soviétique ; qu'il s'était marié sur le tard et avait eu trois enfants, dont Karine, sa préférée, qu'il avait élevée dans l'amour de la culture française.

« Au fond de lui-même, me dit-elle un jour, je suis certaine qu'il ne me désapprouve pas complètement. Je n'aurais pas choisi la liberté si ma famille avait risqué des représailles, mais depuis la mort de Staline, on évite de s'attaquer aux héros de l'Union soviétique. »

Karine est morte. Ses yeux étaient l'un des rares miroirs dans lesquels je ne me voyais pas trop moche. Elle devait m'estimer beaucoup pour oser me dire, il y a déjà trois ans :

« Bernard, nous allons nous séparer. Je t'ai été fidèle jusqu'à ce jour. J'ai trente ans. Je veux un enfant. Je veux qu'il soit beau. Tout ce que j'ai appris de toi me fait croire que tu peux me comprendre. »

A l'annonce de notre mariage, le mot d'un échotier avait fait fortune dans ce milieu parisien qui pratique l'anthropophagie : « Karine épouse un passeport. »

La nouvelle de notre séparation a comblé ces gens-là.

Je m'attendais à un dénouement de ce genre mais j'ai mis du temps à m'en remettre et comme mon corps ne sait rien faire proprement, pas même souffrir, j'ai grossi de dix kilos. Et comme s'il ne suffisait pas d'être triste, je risque de sérieux soucis dans les mois qui viennent. Karine emporte avec elle les six épisodes du *Retour de la Belle Étrangère*, prêts à tourner. Il n'y manque rien : dialogues, découpage, budget, repérage des extérieurs... Il n'y manque que Karine. Un an de travail au trou ! C'est peut-être sordide de penser à cela aujourd'hui, mais le chagrin n'abolit pas les emmerdements.

Oh, je ne vais pas mourir de faim. On m'aime bien dans la maison, on va me trouver des bricoles à bâcler, vite fait, bien fait, en attendant des jours meilleurs. Mais j'ai la naïveté de croire que *Le Retour de la Belle Étrangère*, malgré ce titre à la con, était un peu plus, un peu mieux que l'exploitation cynique d'un succès antérieur. J'avais mis dans le scénario beaucoup d'elle, un peu de moi. Elle m'avait appris à bien parler d'amour et de mélancolie. Pour rien ! Dans le meilleur des cas, on me confiera l'adaptation d'un best-seller en « costumes d'époque » et les critiques écriront, une fois de plus, que la mise en scène de Bernard Velle « est solide, honnête mais sans invention ». Désolé, mon invention vient de mourir.

Tout le monde semble croire au suicide. Je n'ai pas d'opinion. Depuis deux ans nous nous rencontrons peu, très amicalement, mais jamais en tête à tête. Je connais, comme tout le monde, son histoire avec Nédellec.

Elle ne m'en a pas parlé. J'ignore s'il était l'étalon sélectionné pour faire un enfant. Il est assez beau pour cela, mais j'imagine que Karine aurait eu le bon sens de choisir un père célibataire.

De mon temps, elle ne prenait pas de somnifères. Et puis non... A la réflexion, je ne crois pas au suicide. La dernière fois que je l'ai vue elle était parfaitement... enfin, normale. On ne se tue pas quand on est jeune, belle, quand le présent est doré, l'avenir rose. Au fait, ce raisonnement est débile. Tant d'êtres vieux, misérables, douloureux, s'accrochent à une vie affreuse...

L'inverse est aussi vraisemblable.

Aimait-elle Nédellec ? Et lui ? Je ne voudrais pas être à sa place.

7

SIMONE DRAPIER

Les journalistes sont odieux. Non seulement ils assiègent mon téléphone pour savoir à quelle date M. Nédellec rentre à Paris, si je connais l'adresse à laquelle on peut le joindre à Tahiti... « puisque vous êtes sa secrétaire... ». A quoi bon répondre que je ne suis pas sa secrétaire mais sa collaboratrice et que, même si je connaissais la date du retour de M. Nédellec, je me garderais bien de la communiquer ? En fait, on ne m'a pas informée, ce qui eût été convenable. J'ai seulement reçu, du directeur de cabinet du Président, la recommandation d'être muette sur tout ce qui concerne M. Nédellec. Je trouve cette injonction inutile et blessante.

Un journaliste particulièrement goujat m'a

abordée devant ma porte — comment s'était-il procuré mon adresse ? mystère ! — pour me demander si j'étais au courant des relations de mon « patron » (sic) avec Karine Velle, si elle venait à l'Élysée... Je ne l'ai pas laissé poursuivre. Très vertement, je l'ai prié de ne plus m'importuner et, comme il insistait, je l'ai menacé de l'intervention d'un agent.

L'odieux personnage a éclaté de rire et m'a dit que pas un agent ne croirait qu'il voulait me « draguer ».

Karine Velle est venue une seule fois rendre visite à M. Nédellec dans son bureau, ce que je n'ai pas jugé du meilleur goût. On peut lui trouver un certain charme, celui de la jeunesse surtout, mais aucune classe. De ce point de vue, Mme Nédellec, si peu sympathique qu'elle me paraisse, a une autre allure ! Je suppose que cette actrice s'est jetée à la tête de M. Nédellec car je ne le vois pas, lui, se donner le mal de faire les premiers pas pour se lancer dans une aventure médiocre. Qu'il ait cédé à une provocation physique, je peux le concevoir, les hommes sont ainsi faits, mais avec sa séduction exceptionnelle, il pouvait prétendre à mieux. Certains envieux lui font une réputation de « coureur ». Je suis bien placée pour savoir qu'il n'en est rien. En quinze ans de collaboration étroite, je n'ai jamais surpris chez lui la moindre attitude déplacée, ni même un regard et Dieu sait qu'une femme sent ces choses-là !

Par surcroît de précaution, j'ai passé en revue la correspondance du dernier semestre pour ne rien laisser traîner qui prête à une interprétation malveillante. J'ai déposé au coffre l'agenda personnel de M. Nédellec où les initiales K V reviennent trop souvent aux heures des repas. Je lui en veux d'avoir gaspillé son temps alors que tant de problèmes passionnants exigent son attention.

Il peut revenir, tout est en ordre, et je l'aiderai de mon mieux à faire face à cette situation déplorable. Nos actes nous suivent, hélas ! Mais il m'a trop donné pour ne pas avoir droit à ma fidélité.

8

ISABELLE NÉDELLEC

Si j'aurais su, j'aurais pas venu ! Une semaine à Tahiti, compte tenu de la longueur du voyage, c'est à peine rentable, mais reprendre l'avion au bout de quatre jours, c'est carrément idiot. Surtout quand la raison de ce retour en catastrophe est la mort subite de la petite amie de son mari.

A la minute où le haut-commissaire s'est pointé en personne et sans prévenir sur la terrasse de notre bungalow de Moorea, j'ai tout de suite pensé à une grosse embrouille du style : motion de censure, scandale trois étoiles, complications internationales, etc. Quand on a été élevé dans les ambassades, on sait décoder une absence d'expression sur le visage d'un haut fonctionnaire. Je n'ai pas compris, d'abord, pourquoi le haut-commissaire manœuvrait, avec une subtilité de bulldozer, pour entraîner Simon hors de portée de mes oreilles. J'ai compris, en apprenant de la bouche même de l'intéressé, la nouvelle qui le plongeait à la fois dans la peine et les soucis. Dans la peine parce que je crois qu'il était amoureux de sa danseuse ; dans les soucis parce qu'il semblerait que cette petite conne ait forcé sur les barbituriques.

Pauvre Simon ! Quand il est revenu vers moi après le départ de l'oiseau de mauvais augure, il avait trouvé le moyen de pâlir sous ses coups de soleil.

« L'Élysée insiste pour que je rentre immédiatement... »

J'imagine facilement les réactions du « Château ». Quand on navigue dans les eaux du pouvoir, les histoires de petites culottes n'ont pas bonne réputation si elles passent des potins mondains à la rubrique des faits divers. On peut baiser, dans notre monde, à condition de ne pas faire de vagues. Une vedette, un suicide et une éminence grise, c'est un joli ticket pour le moins malveillant des journalistes. J'aperçois quelques problèmes à notre horizon. Et d'abord celui-ci, tout bête, mais immédiat : plus de vingt heures de vol, physiquement côte à côte, mentalement face à face.

L'étape Tahiti-Los Angeles n'a pas été trop lugubre. D'abord le commandant de bord nous a fait les honneurs du cockpit pour le survol des Tuamotu, puis nous avons bénéficié pendant quelques heures de la conversation d'un fonctionnaire néo-zélandais et de sa dame, avertis par une hôtesse de la qualité de Simon, mais évidemment ignorants de l'« affaire », ce qui autorisait les échanges anodins de règle en pareil cas.

Non, nous ne connaissions pas la Nouvelle-Zélande... Oui, nous aimerions connaître la Nouvelle-Zélande... Non, nous n'avions pas de projets précis, mais, sait-on jamais... Vraiment, nous serions très heureux de voir leur maison si confortable et si bien située. D'où l'on découvre tout Auckland, absolument tout Auckland, etc.

Ce papotage m'aurait porté sur les nerfs en d'autres circonstances. Dans le cas présent, le bruit des paroles me préservait du double silence dans lequel nous risquions de nous enliser.

En revanche, l'escale de Los Angeles n'a pas été folichonne. Le consul général, qui s'était dérangé à l'aller, avait la grippe au retour. On n'est jamais trop prudent ! Le petit attaché chargé d'animer nos heures de transit avait autant de chaleur et de finesse qu'un vase de Sèvres. Après m'avoir encombré les bras d'un hideux fagot de glaïeuls, il a remis à Simon, avec une énorme discrétion, un télex *top secret* que celui-ci a lu sans commentaires. Il m'a semblé que la climatisation du salon auquel nous étions condamnés débouchait sur une congélation à brève échéance. L'attaché nous a pompeusement informés que nous pouvions nous asseoir sur le canapé d'angle, réservé à notre intention par ses soins officieux. Je l'ai mortifié en lui représentant que nous ne risquions pas d'être sevrés des charmes de la station assise.

Quelques instants plus tard, le petit sot a perdu les pédales avec une maladresse presque touchante. Suivant machinalement le rituel de ces sortes d'endroits, il a dit :

« Puis-je vous proposer un peu de champagne ? »

Et, dans le même mouvement, s'adressant à Simon :

« Oh ! pardon... »

Du ton de quelqu'un qui vient étourdiment de siffloter devant un cercueil.

Simon a d'abord laissé le malheureux patauger dans des « enfin, je veux dire... si vous... si je peux... » tout à fait pathétiques puis il a pris dans sa poche un tube de l'aspirine dont il se gave depuis hier.

« Si vous voulez vraiment vous rendre utile, allez immédiatement porter ce médicament de ma part à M. le consul général et dites-lui que, pour plus d'efficacité, il peut se l'administrer par voie rectale. Il ne faut jamais plaisanter avec la grippe. »

J'aime que Simon soit comme ça ! Mais nous voici seuls à présent, ligotés à nos fauteuils, sans l'alibi d'attitudes à composer devant des tiers. Il va falloir se parler gravement. Nous en avons perdu l'habitude. L'Alaska défile sous nos ailes. Curieuse situation qui nous fait planer au-dessus des continents et des contingences alors que nos cœurs sont au ras des pâquerettes. Le protocole des vols de luxe nous a fait cadeau de quelques répits. Souper « fin », comme on dit. Simon n'a pas eu la vulgarité de refuser le foie d'oie frais et le ducru-beaucaillou en signe de deuil. Puis, à l'heure du cinéma, nous avons fait mine de suivre attentivement les péripéties d'une série noire qui ne risquait pas de nous remonter le moral et dans laquelle nous n'avons pas manqué de noter quelques analogies avec nos propres problèmes. Quand on se trouve plongé en état de crise, on relève des allusions à son cas personnel aussi bien dans *Esther* que dans le *Clair de lune à Maubeuge.*

Simon m'a fait lire le télex de l'Élysée, l'informant avec une excessive sobriété de termes, que « l'affaire » en cours était susceptible de nouveaux développements, qu'il était instamment prié d'éviter par tous les moyens de faire la moindre déclaration à qui que ce soit, notamment à tout personnage accompagné d'un photographe et qu'à l'arrivée à Roissy, un comité d'accueil nous ferait sortir par l'escalier de service. Il m'a dit :

« Honnêtement, je n'y comprends rien. Nous n'avons pas eu l'ombre d'une scène... D'ailleurs, nous restions très libres... Je veux dire, il n'y avait rien de tragique... Je n'y comprends rien... »

Il ne faudrait tout de même pas qu'il me maquille sa morte en bonne copine, genre petites annonces de l'*Obs, jolie, type scand. libre p. w. end. sympa. ou + si acc.*

Ce n'était peut-être pas la passion dévastatrice

mais, pour avoir laissé traîner un œil sur une lettre qui traînait elle-même dans la poche d'un veston destiné au pressing, je sais qu'il y avait entre eux un sérieux coup de chaleur. Et puis zut ! L'autopsie de leurs sentiments, c'est pas mon problème. Dans le scandale qui s'annonce, je vais être la seconde victime, la vivante. C'est le beau rôle, un peu tarte, mais facile à jouer. Deux options : ou bien serrer les rangs, rester solidaire de l'infâme, sa femme malgré tout, avec une dignité admirable (elle fait ça à cause des enfants !)... Ou bien profiter de la situation pour régulariser une séparation partiellement effective depuis quelques années, et partir cacher mon chagrin à Saint-Tropez pendant que nos avocats prendront langue. Maman adorerait. Elle doit déjà rêver pour moi d'un divorce en or massif.

Ou bien encore le juste milieu entre la sainte et la salope... Je n'ai pas envie de lécher les plaies de Simon, mais je n'aimerais pas non plus le laisser seul avec ce cadavre qui va pourrir longtemps dans ses placards.

Il est allongé dans son fauteuil, dossier basculé en arrière, les mains posées à plat sur les cuisses. Il fait mine de dormir et cette fausse absence lui va bien. La plupart des hommes laissent apparaître quelques vulgarités ou simplement des imperfections dans l'abandon absolu du sommeil. Lui, par exemple, desserre les mâchoires, à la limite du bâillement et ce relâchement donne aux traits de sa face je ne sais quoi de mou, de flou, de veule. Au lieu qu'ici, derrière les paupières closes, l'esprit en éveil contrôle bien la bête. Belle bête ! Un peu maigre, mais à son âge, c'est ça ou la brioche. Le profil est net, le visage juste assez parcouru de rides éloquentes (un visage lisse est muet), quant à la silhouette, j'ai envié, j'envie toujours ce don de disposer le corps, où qu'il se place, de façon harmonieuse, d'instinct. Mais, la position des mains sur les cuisses... Je ne sais jamais où mettre mes mains, au repos. Les siennes ont toujours l'air d'une étude de mains du Greco.

Karine Velle s'est-elle tuée pour cet homme que voilà ? Si c'était le cas, je regarderais sans doute Simon d'un autre œil. La vie quotidienne, les inévitables petites trivialités de l'intimité commune démystifient une passion à pas lents mais sûrs ou du moins la débarbouillent du plus gros de son maquillage. Il faudrait admettre que pour un être au moins, Simon conservait intacts des prestiges assez forts pour justifier une démarche dramatique. On aurait aimé crier casse-cou, dire : attendez un peu, ça s'arrangera, tout s'arrange, une vie vaut toujours mieux que l'amour de quelqu'un qui ne cheminera pas toujours sur les chemins de crête, laissez le temps au temps, attendez au moins de l'avoir vu avec un rhume de cerveau... Mais je sais aussi que la sagesse raisonneuse est une attitude de vieille.

Karine Velle s'est-elle tuée pour cet homme que voilà ? Je crois que non parce que j'espère que non. Simon est un personnage bien tempéré, la catastrophe n'est pas son climat naturel.

Dire qu'il va falloir se composer une tête à l'atterrissage ! Avec le teint éclatant du soleil tropical, exprimer la plus sincère des afflictions est un tour de force.

Je ne voudrais pas être à sa place.

Et j'aimerais autant ne pas être à la mienne.

9

RONAN NÉDELLEC

« Est-ce que nous mettons quelqu'un sur l'affaire Karine Velle ? »

Quand Serge a posé la question, en conférence de rédaction, tous les regards se sont tournés vers moi. Comme personne ne répondait, j'ai dit :

« Quelle “affaire” ? Une comédienne de télé est morte. Elle s'est probablement suicidée. Depuis quand faisons-nous dans le fait divers sentimental ? Tu ne crois pas qu'on pourrait laisser cela aux hebdos spécialisés ? »

Silence dans les rangs !

Serge a dit :

« Désolé, Ronan, je comprends ta situation, mais c'est un peu sommaire comme analyse. Karine n'est pas une comédienne mais une vedette.

Elle n'est pas originaire du Cantal, mais de Russie soviétique. Ton père n'est pas un employé de banque, mais conseiller privé du président de la République. Quant au suicide, je trouve que cette solution arrange un peu trop tout le monde. D'accord avec toi sur un point : s'il ne s'agit que du suicide d'une comédienne, le fait divers ne nous intéresse pas. Si la police étouffe la mort subite d'une transfuge soviétique pour ne pas avoir à remonter jusqu'à une éminence grise du pouvoir, cela devient une affaire. »

J'ai bien senti qu'autour de la table, tout le monde était d'accord avec Serge. J'ai essayé de plaisanter :

« Dans l'hypothèse du crime, je te rappelle que mon père a un alibi en or : 16 000 kilomètres. »

Serge a dit :

« Ne déconne pas, personne ne pense à ça. »

J'ai dit :

« Alors tu penses à quoi ? »

Serge a hésité avant de cracher le morceau :

« J'ai un tuyau qui paraît sérieux. L'ambassade d'URSS a réclamé le corps. Karine n'avait pas été déchue de sa nationalité, contrairement à ce que tout le monde croyait. »

Entre journalistes, on se comprend vite. Je savais déjà ce que Serge allait ajouter :

« Je vous propose un schéma qui vaut ce qu'il vaut : Karine a choisi la liberté sur ordre. Elle s'est arrangée — peut-être l'a-t-on aidée — à devenir la maîtresse d'un homme proche du pouvoir. Pendant un certain temps elle a fait des rapports sur ce qu'elle pouvait apprendre. Un jour, elle a mal supporté ce rôle. Deux hypothèses : elle a décidé de disparaître ou bien ses patrons l'ont effacée. Suppositions gratuites ? Peut-être, mais nous n'avons pas le droit de ne pas vérifier. »

Approbation sur tous les bancs ! Nous autres gauchistes avons le soupçon à fleur de peau et un goût irrépressible pour les magouilles policières.

Et voilà, c'est parti ! Serge a lâché Broussard sur l'affaire et notre fouille-merde maison frétillait déjà en quittant la rédaction. Le pauvre Simon va voir de quoi est capable le meilleur enquêteur de la presse française. Du moins sommes-nous un journal honnête. Serge ne publiera rien sans informations précises. Mais je sais trop ce qu'on peut faire dire à des indices hétéroclites en les articulant convenablement. Si le tuyau de Serge n'est pas crevé, la presse à sensation va foncer. Je connais assez la prudence de Simon pour ne pas le soupçonner de confidences sur l'oreiller, mais l'ambassade ne réclamerait pas le corps si Karine avait coupé tout lien avec eux. A moins que ce ne soit une manœuvre pour mettre Pompidou en difficulté. La rencontre de Pitsounda est un échec pour Brejnev ; la France ne s'aligne pas sur l'URSS pour proclamer le respect littéral du principe de l'inviolabilité des frontières. Ce serait assez dans la manière russe de répliquer par un croc-en-jambe de ce style.

Je suis passé à la maison pour que Marie ne soit pas seule. Elle en a profité pour me taper d'un dîner chinois. De son point de vue l'« affaire » est toute simple : la vieille Ruskoff de papa a cassé sa pipe, c'est une bonne chose de faite. Donc, elle était au courant de cette liaison et ça ne paraît pas la traumatiser outre mesure. Tant mieux !

Les parents doivent être sur la route du retour. Avec le décalage horaire, il faut compter quarante-huit heures.

Et me voici, à mon bureau, devant une feuille tragiquement blanche. Serge m'a laissé le choix de mon édito : la matière ne manque pas. On a l'impression que le monde se fissure. Hailé Sélassié s'accroche à son trône vermoulu mais l'armée et les syndicats auront sa peau. Au Kurdistan, les peshmerga du général Barzani reprennent le sentier de la guerre. En Chine, la révolution culturelle met dans le même sac Confucius et Lin Piao. Au Portugal, Caetano et l'armée se regardent en chiens de faïence. Boumedienne fait la risette à Mao Tsé-toung. Les Anglais font la moue à l'Europe communautaire et Nixon, qui accuse les Européens de jouer sur les deux tableaux, déclare que, puisque c'est comme ça, il ne se dérangera pas pour le 25e anniversaire de l'Otan. Il ne manque pas de santé, celui-là ! On pourrait le croire suffisamment occupé avec son Watergate. Le Grand Jury n'y va pas de main morte dans ses inculpations : Haldemann, Erlichman, Colson et Strachan, des collaborateurs directs, Mitchell, un ancien ministre de la Justice, Mardian et Parkinson, deux membres du comité pour la réélection du Président. Je commence à croire que Nixon va bel et bien être contraint à démissionner. Le maître de la première puissance mondiale envoyé au tapis par deux journalistes qui ont refusé de se taire et un rédacteur en chef qui a pris des risques ! C'est beau, une presse libre et une opinion publique solidaire. Impossible à transposer en France. Ou plutôt, on voit trop bien comment un pouvoir imperméable à toute critique aurait noyé le poisson avec la complicité cafarde d'une majorité de citoyens qui détestent tout ce qui peut houspiller leur morale endormie.

Au fait, c'est un bon thème pour mon papier : un Watergate « à la française ». Il faudrait bâtir cela comme un scénario se déroulant sur plusieurs mois. Ne pas craindre d'aller loin dans la dérision car la réalité dépasse souvent la caricature. Quelque chose de ce genre :

Un travailleur émigré, veilleur de nuit au siège du parti socialiste, passant devant le bureau de François Mitterrand au cours de sa ronde de deux heures du matin, entend des bruits suspects filtrant à travers la porte dont les serrures sont bloquées avec du scotch noir. Il prévient la police. Quand les agents, pistolet au poing, font irruption dans le bureau, ils découvrent cinq hommes occupés à trafiquer les appareils téléphoniques. Interpellés, les cinq hommes se refusent à toute déclaration et se bornent à décliner leur identité.

Les renseignements communiqués à la presse réduisent l'incident à un banal cambriolage.

Ayant appris par des indiscrétions que l'un des hommes arrêtés transportait un matériel électronique très sophistiqué, certains journaux parlent d'un réseau d'espionnage politique opérant sous le couvert d'une police parallèle.

Le porte-parole du gouvernement s'élève avec force contre ces rumeurs « feuilletonesques ». Il rappelle qu'il n'existe pas, en France, de police parallèle et proclame que toute la vérité sera faite.

Le ministre de l'Intérieur révèle que le veilleur de nuit a été condamné, en 1938, à Lisbonne pour adultère. Il confirme que toute la lumière sera faite.

Coup de théâtre. Interrogé par le juge d'instruction, l'un des « cambrioleurs » avoue qu'il est appointé à plein temps par un certain service d'action civique et qu'on lui a donné l'assurance d'être couvert par un proche collaborateur du Président.

A l'issue du Conseil des ministres, le porte-parole précise « qu'il n'a pas été question de cette affaire subalterne », car c'est à la justice qu'il appartient de faire toute la lumière.

Un communiqué du Parquet de la Seine publie les conclusions des médecins experts établissant que celui des inculpés qui a passé des aveux est atteint de paranoïa aiguë et sera confié à un asile psychiatrique. Le respect du secret de l'instruction ne permet pas d'en dire davantage.

En quelques semaines l'affaire prend des proportions considérables. La presse d'opposition, preuves à l'appui, accuse ouvertement les plus proches collaborateurs du président de la République de complicité de divers délits : interception illégale de conversations téléphoniques, détournement de documents officiels, utilisation abusive de fonds électoraux, etc. Le Sénat réclame la constitution d'une commission d'enquête. Le Premier ministre rejette cette initiative qu'il estime « inopportune » et inutile de surcroît, puisqu'il veille personnellement à ce que toute la lumière soit faite.

Le porte-parole de l'Élysée stigmatise « une certaine presse qui va chercher ses informations dans les poubelles ». On lui fait observer qu'à Washington, à l'occasion d'un scandale qui présentait certaines analogies, le porte-parole de la Maison-Blanche avait présenté des excuses publiques à des journalistes injustement taxés de mauvaise foi ! La réponse est ferme : « Chaque nation a son génie propre, la France ne cherche pas ses modèles à l'étranger. »

Dans une allocution télévisée, le président de la

République affirme sa totale confiance en ses collaborateurs. Il rappelle que le secret des communications téléphoniques est protégé par la loi. Il ajoute : « Dans le cas improbable où des faiblesses, voire des erreurs, seraient constatées, je demanderais à la justice de sévir impitoyablement. Toute la lumière sera faite. »

De nouvelles dépositions accablent un ancien ministre et plusieurs hauts fonctionnaires. On s'attend à des inculpations.

Trois inculpations sont prononcées, pour outrage au chef de l'État, contre Serge Besson, directeur du *Cri*, Pierre Viansson-Ponté, conseiller de la rédaction du *Monde*, et Wolinski, dessinateur à *Charlie-Hebdo*.

L'Ifop publie les résultats d'un sondage sur les préoccupations des Français :

Tour de France	*45* %
Les fiançailles de la Princesse Anne	*22* %
Les conflits sociaux	*11* %
L'Affaire des micros	*3* %
Ne se prononcent pas	*19* %

Le 1er août, les départs en vacances atteignent un chiffre record.

Le 15 août, le veilleur de nuit qui était à l'origine de l'Affaire est reconduit à la frontière, son contrat de travail n'ayant pas été renouvelé !

Ça peut faire un bon papier ! Mais j'ai la tête ailleurs. Les hypothèses de Serge tiennent debout. Si l'opposition réclame et obtient la création d'une commission d'enquête, Pompidou lâchera Simon, sans doute à contrecœur, mais il n'aura pas le choix. Je ne sais s'il faut craindre ou espérer cette éventualité. Depuis que j'ai l'âge de réfléchir, je pense que Simon s'est trompé de route. Sa vraie famille politique se situe entre Mendès et Mitterrand, il est le seul à l'ignorer. Peut-être le sait-il mais pour avoir le courage de se l'avouer, il lui faudrait un supplément de caractère.

Du caractère, il en aura besoin dans les jours qui viennent. Je ne voudrais pas être à sa place.

10

JEAN LARRET

Émouvante visite que celle de cette Martiniquaise, venue au presbytère pour demander que des obsèques religieuses soient faites à la comédienne dont les journaux ont annoncé la mort. Elle est femme de ménage et ne peut supporter l'idée que la jeune morte quitte cette terre sans sacrements.

« Une chose pareille, monsieur le curé, ça ne se fait pas. Ils ont emporté Mademoiselle Karine comme un paquet. On ne doit pas enterrer une personne comme un chien. »

J'ai promis de célébrer ma prochaine messe à l'intention de la défunte. Ma visiteuse eût souhaité davantage, une vraie cérémonie funèbre avec catafalque et grandes orgues. Je lui ai fait observer que cela ne serait pas possible si la preuve du suicide était apportée. Elle a paru choquée par cette attitude de l'Église.

« Déjà, c'est bien triste qu'une personne soit tellement malheureuse qu'elle se tue, si en plus il faut aller en enfer... »

Je lui ai expliqué — du moins ai-je tenté de le faire — que l'Église ne pouvait accueillir publiquement le chrétien coupable d'avoir de son propre chef détruit l'œuvre de Dieu, mais que la miséricorde divine autorisait à penser que l'âme serait pardonnée.

Ma visiteuse a rétorqué que, dans ce cas, puisque la défunte irait au paradis, un jour ou l'autre, il fallait faire le maximum pour que son séjour en purgatoire soit aussi bref que possible.

Je suis toujours troublé quand je déchiffre, en une âme simple, l'image qu'elle se fait de la foi, à travers l'enseignement que nous lui avons donné. Cette brave femme m'a, en substance, demandé combien d'années de purgatoire coûtait un suicide et combien une messe pouvait faire gagner de temps. En somme, elle cherchait à chiffrer un budget-indulgences pour définir, compte tenu de l'investissement que lui permettent ses ressources, si le rapport qualité-prix était rentable pour l'amélioration des conditions de vie éternelle.

Les fidèles « de base » ont quelque excuse à réduire la religion à ces calculs d'épicier. Nous, leurs prêtres, manquons depuis bien longtemps d'élévation dans l'enseignement de la foi.

La foi ! Il m'arrive de plus en plus souvent d'avoir des sueurs d'angoisse en la sentant vaciller. Non pas la foi en Dieu que je crois hors d'atteinte du doute. Dieu est en moi depuis mon jeune âge, comme une présence réelle et chaleureuse. De ma vocation, en revanche, il ne subsiste qu'une façade dont la fragilité m'épouvante. Ma foi en l'Église est morte puisque je ne suis plus solidaire de ses paroles. Dans cette conversation que je viens d'avoir, je récitais une leçon, je ne cherchais pas à convaincre. Force m'est d'admettre que j'accomplis la plupart des actes de mon sacerdoce sans conviction, au mieux, à contrecœur, au pire.

Le doute travaille à la façon des tarets qui creusent dans le bois des galeries horizontales, invisibles de l'extérieur et, soudain, une porte massive tombe en poussière. J'ai, sans doute, ignoré pendant des années le ver qui rongeait mes croyances puisqu'un jour, l'ensemble des dogmes auxquels je suis tenu de croire, dès lors que mon rôle est de les enseigner, m'est apparu sans consistance, l'Histoire sainte un mauvais roman. De la même manière fulgurante dont Claudel a contracté la foi, j'ai été foudroyé par une révélation sacrilège, un dimanche, en chaire, en commentant le miracle des noces de Cana. J'atteste que j'ai commencé mon sermon sans arrière-pensées, puis mes paroles — pour moi seul, j'espère — ont rendu un son étrange. Derrière les mots conventionnels que j'enchaînais, plus par réflexe que par réflexion, se formait un autre discours sarcastique, satanique. L'avatar m'apparaissait d'une terrible vulgarité, de ce Jésus bateleur, utilisant un vieux truc de foire pour assurer sa publicité. Quel profit spirituel pouvait-on tirer de cette facétie ? J'ai abrégé mon prêche par crainte que ma langue ne me trahisse.

Je sais que la remise en cause qui me torture a commencé ce jour-là. J'ai regardé avec horreur l'image du Seigneur de mon Église. Quelle idée faut-il se faire de l'homme pour proposer à son adoration un Dieu aussi infiniment susceptible et rancunier que le nôtre ? Un Dieu qui maudit son œuvre, à peine l'a-t-il créée, qui condamne sa descendance aux ténèbres, pour une histoire de pomme, qui l'anéantit dans un déluge en ne sauvant qu'un échantillonnage pour recommencer à mettre l'humanité en accusation perpétuelle. Un Dieu qui a besoin de l'agonie de son fils pour se rabibocher avec ses créatures.

J'ai failli dire à cette femme de ménage : allez en paix, l'Enfer n'existe pas. Dieu ne peut pas se venger de l'offense d'un instant par un châtiment éternel. La Géhenne du feu, c'est du Grand-Guignol.

L'Église agit comme si nous n'étions pas les enfants du Père, mais, au contraire, les créateurs d'un Dieu modelé à notre image, sorti de notre cloaque. Avoir osé inventer l'allégorie du sacrifice d'Abraham, quel aveu !

Il existe un manuel, écrit au XVIIIe siècle, à l'usage des jeunes prêtres encore malhabiles à confesser. C'est le texte le plus sado-masochiste qu'on puisse concevoir. L'interminable inventaire de tous les péchés imaginables a été dressé par des esprits pervers, avec une minutie scrupuleuse et chaque faute est assortie de la recommandation du châtiment approprié. Cette comptabilité débouche naturellement sur la visite de ma visiteuse martiniquaise : X années purgatoire – X messes = 0.

Je ne refuserai pas mon Église à la dépouille de cette jeune morte, ce sera le dernier acte d'un sacerdoce que je ne veux plus exercer contre ma conscience. Et puisque, étrangement, mon rejet de la lettre s'accompagne d'une soif spirituelle violente, je demanderai à mon évêque de me décharger de ma paroisse ; j'irai dans une petite communauté contemplative, renouer mon alliance avec un Dieu qui ne soit pas distributeur de récompenses et de châtiments, un Dieu qui ne fasse pas payer ses « bonnes grâces » par les louanges qu'exigent les tyrans.

Depuis que je vis cette crise, je vois d'un autre œil le mouvement universel qui anime tant d'êtres aujourd'hui et les lance dans une quête du Graal, parfois païenne, souvent puérile, cette aspiration à faire coïncider une morale personnelle et les actes de la vie quotidienne. Les temps reviennent des cénobites, des anachorètes, sous des formes nouvelles, fussent-elles choquantes. Il y a plus de spiritualité aujourd'hui, me semble-t-il, qu'à d'autres périodes « bien-pensantes » mais ce regain s'accompagne de l'ébranlement des hiérarchies, de leurs lois, de leurs dogmes, de leurs diables. *Ad te, Domine, levavi animam meam: Deus meus, in te confido, non erubescam.*

A l'occasion des retraites qui nous réunissent, je scrute mes anciens camarades de séminaire pour reconnaître en eux les fissures, les lézardes qui me désunissent. Nous ne parlons pas à cœur ouvert, nous savons trop le danger des mots, mais depuis quelques années, j'ai disposé ce qu'on appelle des « témoins », ces repères apposés sur un mur suspect pour rendre aussitôt mesurable le degré de son affaissement. Je distingue en eux des doutes semblables aux miens, ils se traduisent par un accord tacite à ne plus employer certaines formules, à ne plus se référer à certains textes sur lesquels, pourtant, est fondée l'Église catholique romaine. Le clergé change de vocabulaire pour éviter de changer de croyance. Je crains de n'être pas seul dans ma fuite et ma solitude. Tout est devenu politique dans le comportement de nos autorités. Dans sa dernière homélie sur « les droits du peuple basque » l'évêque de Bilbao songeait-il d'abord aux âmes ? Mon âge me pèse et m'interroge et je veux lui répondre. Je me représente cette comédienne, si belle sur les photos que j'ai vues d'elle, et qui, sans doute, avant de se résoudre au silence, a quêté bien des réponses que nul n'a su donner. L'enfer, c'est le silence intérieur.

II

SIMON NÉDELLEC

Le chauffeur et l'officier de sécurité qui m'ont accueilli – on pourrait presque dire cueilli – à ma descente d'avion n'étaient pas bavards. J'ai compris pourquoi en parcourant la revue de presse qu'ils m'apportaient. Ce n'est pas encore l'affaire Keller mais cela ne sent pas bon.

Pour éviter l'escouade de journalistes et de photographes embusquée à la sortie des passagers, nous avons traversé les pistes jusqu'à la zone industrielle et, par une bretelle clandestine, nous sommes allés nous fondre dans l'anonymat de l'autoroute.

Le Président avait donné l'ordre de me conduire à son domicile, les abords de l'Élysée étant truffés de téléobjectifs. Mon propre domicile sans doute également sous surveillance, j'ai déposé Isabelle chez sa mère avant de mettre le cap sur l'île Saint-Louis.

La mine de Georges m'a fait peur, horreur et pitié. L'altération des traits révèle l'accélération du mal qui le corrompt et qui s'installe en terrain conquis. Il sait qu'il est perdu. Il sait que je sais qu'il le sait, mais nous n'avons jamais abordé le sujet. Il m'a parlé très amicalement mais sans complaisance.

« Je suis navré de ce qui t'arrive, Simon. »

Je ne doute pas de la sincérité de ses regrets mais il ne m'avait pas convoqué chez lui pour m'offrir ses condoléances. Il est entré dans le vif du sujet avec cette brutalité que j'apprécie parce qu'elle fait gagner du temps. Au reste, nous nous connaissons depuis trop longtemps pour avoir besoin de décoder les mots que nous échangeons.

Question : Existe-t-il à ta connaissance une raison qui expliquerait le suicide de Karine Velle ?

Réponse : Non.

Question : Retiens-tu l'hypothèse d'une raison inconnue de toi ?

Réponse : Oui.

Je veux dire par là que, ne partageant pas la vie

quotidienne de Karine, j'ignore par la force des choses un certain nombre de ses pensées et de ses actes. Notre liaison n'est pas si ancienne que je puisse imaginer avoir fait le tour d'un personnage qui n'appartenait pas à la catégorie des femmes transparentes.

Question: Même en tenant compte de cette réserve, crois-tu le suicide vraisemblable ?

Réponse: Non.

J'ai eu tout le temps d'y réfléchir pendant l'interminable voyage de retour. J'ai récapitulé dans les moindres détails chaque instant de nos dernières rencontres et surtout la toute dernière, ce week-end en Irlande décidé comme une sorte de compensation à la séparation qu'allait nous imposer mon voyage à Tahiti. L'Irlande, parce que le visage de Karine y était inconnu et que les *bed and breakfast*, où les passeports ne sont pas demandés, garantissent l'anonymat. Karine a dégusté les lacs, les landes, les tourbières du Connemara avec le joyeux appétit qui m'a d'abord charmé chez elle. Nos deux nuits d'escapade ont été gaiement amoureuses, sans une arrière-pensée, j'en jurerais. En rentrant à Paris elle m'a dit :

« On cultive dans les atolls du Pacifique des

perles baroques très sombres, très belles, pas trop chères. Je voudrais que tu m'en rapportes une. »

J'ai la perle dans mes bagages, une petite poire de nacre noire avec des reflets verts.

La place d'un suicide dans tout cela ?

Georges a dit :

« Tu as sans doute raison mais cela ne simplifie pas le problème. L'intervention de l'ambassade soviétique qui s'oppose à l'autopsie sous prétexte de récupérer le corps d'une enfant prodigue est tellement absurde au plan du droit international qu'on y voit clairement la volonté de transformer un fait divers en affaire d'État, pour me rendre vulnérable. »

L'argumentation qu'il m'a développée est plausible. Brejnev ne lui pardonne pas son attitude à la rencontre de Pitsounda. Les Russes veulent faire évoluer la prochaine conférence de Genève sur la sécurité et la coopération vers un sommet européen. Notre politique, au contraire, tend à poursuivre les négociations entamées à Helsinki avec les trente-cinq pays de la CSCE. En agitant la menace d'un scandale, les Russes espèrent rendre Georges plus souple.

Quel scandale ? Toujours les bonnes vieilles recettes : la tendre amie d'un très proche collaborateur du Président était-elle manipulée par le Kremlin ?... Simon Nédellec aimait trop les belles étrangères... Malaise au Château, le conseiller du Président a-t-il commis des imprudences ?...

Selon Georges, l'ambassade soviétique laisse filtrer des rumeurs qui tendent toutes à accréditer l'hypothèse que Karine gardait le contact avec Moscou. J'ai dit :

« Ça ne tient pas debout ! »

Georges m'a tendu une photo de qualité médiocre mais très lisible. A la porte d'un bar ou d'un hôtel, Karine tendait la main à un homme plutôt jeune et plutôt beau garçon. Bon ! Je n'ai jamais prétendu exercer sur Karine un droit d'exclusivité. J'ai dit :

« Qui est-ce ?

— Le lieutenant Gagarine — Armée de terre sur son passeport, KGB d'après nos services, petit ami de ta danseuse qui l'a souvent rencontré depuis qu'il est en poste à Paris. C'est-à-dire depuis deux ans. C'est-à-dire après le début de ta liaison avec elle. C'est-à-dire... »

C'est-à-dire que « nos services » avaient l'œil sur Karine, donc sur moi, depuis un certain temps ; ce que Georges a confirmé avec un rien de gêne mais du ton neutre qui convient entre professionnels.

« Ces rencontres figurent dans le dossier que les Renseignements Généraux m'ont remis à ton sujet et qui ne t'apprendra rien, mais la photo n'est pas leur œuvre. Ils l'ont "trouvée" ; et beaucoup trop facilement de leur propre aveu. En d'autres termes, les Russes leur ont livré le document à domicile, via un petit indicateur sans importance. Donc, ils veulent te compromettre, non pas parce que tu couches avec une dame — cela ne choque plus personne — mais parce que ta maîtresse était une espionne. La psychose de Mata Hari est récurrente en France. Bien entendu, tu ne les intéresses pas. Ils cherchent à s'assurer un atout contre moi. Je présume que je vais recevoir prochainement la visite d'un Kossyguine quelconque qui me suggérera de réexaminer tel ou tel de nos contentieux. »

J'ai dit :

« Je te remercie de ne pas me poser de questions, mais il va de soi que je n'ai jamais remarqué chez Karine la moindre trace d'intérêt pour mon travail, à tel point que je me suis interrogé sur cette indifférence. D'ordinaire, les femmes aiment à entrer dans les petits secrets du Pouvoir, c'est un atout maître dans le jeu amoureux des hommes politiques. Pour Karine, le seul problème relatif à mon poste était l'obligation de discrétion, dans nos rapports. Discrétion partielle je te l'accorde, on nous a vus ensemble plus souvent que de raison. C'est pourquoi, si tu juges utile que je te remette ma démission... »

Georges a balayé cette proposition d'un geste agacé.

« Ne dis pas de sottises ! Tu n'es pas le genre à laisser traîner les secrets d'État dans tes poches. Quant à l'exploitation qui sera faite de cette manœuvre, je suis capable de tenir tête. L'opposition ne m'inquiète pas trop. Les communistes ne monteront pas en épingle une machination soviétique et Mitterrand répugne à cette sorte de polémique. Le danger viendra de nos amis. Depuis l'affaire Marcovitch, je sais ce qu'on peut cacher de boue dans un portefeuille ministériel. Certains trouvent que je suis bien long à mourir. Non, Simon, je n'accepte pas ta démission. Je n'abandonne pas mes blessés, moi. »

Je sais ce que veut dire l'accent mis sur le *moi*. A l'époque des magouilles policières tendant à l'impliquer dans l'assassinat du garde du corps d'Alain Delon, Georges a été ulcéré par l'indifférence du Général qui a laissé son Premier ministre se débrouiller seul. La blessure saigne encore.

Long à mourir... Les mots rendaient un son incongru dans le salon de ce grand bourgeois humaniste, ami des arts, où tout parle d'harmonie, de pérennité, les meubles anciens, les toiles modernes et jusqu'à la Seine dans le cadre de la fenêtre, la Seine qui s'ouvre sous le ventre des péniches, le temps que s'effacent leurs sillages bientôt noyés dans le courant paisible, éternel. Long à mourir... Karine est morte, si vite !

Dans l'immédiat nous avons convenu de donner le feu vert au Parquet pour ordonner l'autopsie. Il m'est recommandé de me montrer le moins possible pendant les jours qui viennent.

12

VICTOR PAMANSKI

Moi qui me croyais chargé d'une affaire toute simple... Je me méfierai désormais de mes premières impressions. C'est d'ailleurs le b-a ba du bon flic.

Quand le patron m'a convoqué dans son bureau, je pensais entendre quelques commentaires, en bien ou en mal, sur mon rapport Karine Velle. Plutôt en bien, pour être honnête car je n'ai pas bâclé le travail. Annie l'a trouvé un peu littéraire. Je n'y peux rien ; mes études de lettres me remontent à la tête en certaines occasions, car je ne suis encore qu'un poulet de grain.

Il y avait une troisième personne dans le bureau, un type du genre insignifiant qui vous met mal à l'aise lorsqu'on le regarde de plus près. Le patron a fait les présentations :

« Inspecteur Pamanski, commissaire principal Rouvion, de la DST. Nous passons la main sur l'affaire Velle. La DST est chargée de l'enquête. Le commissaire principal voudrait que vous le mettiez au courant du dossier. »

Cela, sur un ton parfaitement neutre où j'ai reconnu l'antipathie instinctive du patron pour les super-polices.

Le type m'a tendu une main protocolaire en m'informant qu'il souhaitait que je l'accompagne rue de Bourgogne pour une perquisition plus approfondie que celle dont mon rapport rendait compte.

J'aurais aimé demander en quoi un drame passionnel intéressait la DST mais l'attitude de mes deux interlocuteurs n'invitait pas aux commentaires.

Avant d'ouvrir la porte de l'appartement, Rouvion m'a dit de noter soigneusement tout (« je dis bien *tout* ») ce qui me paraîtrait avoir été déplacé depuis mes premières constatations « étant donné que n'importe qui a pu pénétrer ici puisque les scellés n'ont pas été apposés sur la porte ». Ce n'était pas un reproche. Pas tout à fait.

Rien ne semblait avoir été déplacé dans la chambre à l'exception du corps de Karine dont la trace se lisait encore sur le lit et du tube de somnifères emporté par l'équipe du labo. Je suppose que j'avais l'air plutôt cloche en tournant dans la pièce, à la recherche... Au fait à la recherche de quoi ?

Rouvion m'a laissé patauger un moment en parcourant une copie de mon rapport d'un œil désabusé.

« Si je comprends bien, pour vous, le suicide est vraisemblable... »

J'ai répondu que l'idée pouvait venir à l'esprit en découvrant une jeune femme morte, sans blessures apparentes avec un tube de somnifères vide sur la table de nuit.

« Quelle marque de somnifères ?

— X. »

L'air de quelqu'un qui pense tout haut, Rouvion a dit qu'il connaissait ce médicament, assez toxique, en effet, pour être mortel à haute dose, mais qu'il ne trouvait pas trace dans mon rapport de la présence d'un verre sur la table de nuit. J'ai confirmé qu'il n'y en avait pas. Du même ton lointain, Rouvion a dit :

« Vous êtes trop jeune pour avoir besoin de

recourir à ces saloperies, mais apprenez que X est conditionné en dragées trop grosses pour être avalées sans eau et qu'il est hors de question de les croquer parce que leur goût est infect. »

Autant pour moi ! Pour me dédouaner, j'ai observé que je m'étais borné à émettre une hypothèse en attendant les résultats de l'autopsie.

« Malheureusement, a dit Rouvion, malheureusement l'autopsie est différée à la suite d'une démarche de l'ambassade soviétique. Cela vous explique ma présence ici. »

Avec la bienveillance excessive d'un Einstein vulgarisant la théorie de la relativité à l'intention d'une classe de mongoliens, le haut personnage m'a fait part des nouvelles données du problème. En règle générale, les Russes traitent les transfuges par le mépris et surtout le silence ; ils cessent d'être citoyens soviétiques ; à la limite ils cessent d'avoir été. Du vivant de Karina Alexaïa, la presse soviétique n'a pas consacré une seule ligne à sa fugue ou à ses succès ultérieurs. Les journalistes occidentaux qui ont essayé d'interviewer son père ont tous été refoulés. La démarche de l'ambassade est sans précédent. Il est extravagant, au plan du droit international, de s'opposer à l'autopsie sous prétexte que le corps sera embaumé et restitué à la famille. Karine Velle est française par son mariage et l'ordonnance d'autopsie, en cas de mort suspecte, fait partie de la routine judiciaire. Les Russes le savent et n'ont évidemment aucune illusion sur les chances de succès de leur requête. Pourquoi cette manœuvre baroque ? A nous de le découvrir.

La perquisition a duré une grande partie de l'après-midi. Avant de me mettre au travail, j'ai dit à Rouvion que cela m'aiderait de savoir quoi chercher. Il m'a répondu :

« Il s'agit moins de chercher que de trouver. »

Aucun doute, cette affaire n'est pas de la compétence d'un petit flic de quartier !

Pour un appartement de vedette, celui-ci est plutôt simple : un grand living, une chambre moyenne, belle salle de bains, petite cuisine.

C'est un exercice excitant de construire un personnage à partir de ses objets familiers, de déduire l'être des choses. A fouiner ainsi, sans méthode, j'ai éprouvé assez vite un sentiment confus d'insatisfaction, comme devant un décor incomplet. Voilà ! Je sentais qu'il manquait quelque chose à ce cadre de vie, sans pouvoir fonder cette sensation sur un argument concret. Rouvion m'a mis sur la voie en me disant :

« Mettez de côté toutes les photos que vous trouverez. »

Il y avait fort peu de photos et toutes impersonnelles, des photos de Karine comédienne, aucun de ces instantanés imparfaits sur lesquels des décors et des personnages racontent un moment d'existence.

Soudain j'ai compris ce qui manquait à ce paysage : les traces d'un passé. Les perquisitions que j'ai faites m'ont appris à composer le portrait-robot sommaire de l'habitant d'un lieu par ses sédiments. C'est frappant, dans le cas d'un jeune couple, chacun apportant au gîte commun le bric-à-brac de la vie antérieure. Cela va du meuble au tableau, en passant par tous ces menus objets auxquels on tient pour des raisons moins esthétiques que sentimentales et qui, même noyés dans un nouveau décor, refusent de s'y fondre et conservent entre eux un flagrant air de famille. Jamais je n'avais pénétré dans une « habitation » si peu habitée. Tout, ici, semble avoir été mis en place la veille. J'ai dit :

« C'est un endroit sans passé.

— Très juste, a dit Rouvion, très juste et très intéressant. »

Au fond Karine Velle est née il y a cinq ans. Ce

que nous savons d'elle auparavant tiendrait en quelques phrases. C'est une voyageuse sans bagages. Quand elle s'est présentée à la prefecture pour demander le droit d'asile, elle possédait un jean, un tee-shirt, des baskets et la monnaie d'un billet de cent francs. Même pas de papiers d'identité, ainsi qu'il est d'usage dans les troupes soviétiques en tournée à l'étranger. Ça peut être bien pratique, dans certains cas.

Bref, Rouvion fonce dans l'affaire d'espionnage. Il s'est installé dans le living devant tous les papiers qu'il a raflés, avec, m'a-t-il semblé, une prédilection pour les talons de carnet de chèques. Il m'a conseillé de poursuivre, dans le détail, la fouille de la chambre et de la cuisine, bon prétexte pour ne pas m'avoir sur le dos.

Je sais d'avance qu'on ne me demandera pas de rapport complémentaire sur cette perquisition puisque l'affaire nous est retirée. J'ai fouiné sans acharnement, pour le plaisir.

Côté cuisine, ça ne devait pas être le genre « recettes de Tante Marie » et blanquette à l'ancienne ! Un petit stock de surgelés, des œufs, du lait, des jus de fruits en boîte, la moitié d'un pain complet... Ça ne se bousculait pas dans le Frigidaire. Pas plus que dans les placards où, question vaisselle, j'ai trouvé le strict nécessaire à un pique-nique sommaire pour quatre personnes.

Côté salle de bains, rien à signaler. Armoire à pharmacie classique de femme seule. Pas trace de mousse à raser ou de rasoirs à jeter. « On » ne couchait pas là ! Un détail pourtant : pas de pilules anticonceptionnelles.

Ce soir, Annie sera offusquée et excitée à l'idée que j'aie fouillé la chambre. Elle réclamera des détails.

Il est vrai que je me suis attardé dans la chambre, et pas seulement pour l'enquête. Voyeurs dans la légalité, ce sont nos petits bénéfices !

Hier, une fille vivante était là. Elle n'a pas eu le temps d'effacer ses traces, de faire de l'ordre, comme on dit, façon de masquer l'intimité que révèle le désordre. La dernière tenue de Karine Velle est en vrac sur une chaise : jean, col roulé en cashmere, socquettes de tennis, chaussures de jogging. D'ailleurs, la garde-robe est plutôt sommaire. Pour l'essentiel, des pantalons, des débardeurs, des pulls, quelques jupes, des chemises d'homme... Une garde-robe d'étudiante « in ». Puis, quatre robes du soir somptueuses : des outils de travail pour soirs de « première ». Rien entre les deux, je veux dire pas de tailleurs ou de robes de ville. En bons bourgeois que nous sommes, Annie a beaucoup plus de toilettes que cette vedette.

En revanche, Karine était une fétichiste des sous-vêtements. Je n'ai jamais vu une telle collection de slips et de soutiens-gorge. De quoi faire fantasmer l'homme le plus placide. De la petite culotte fleurie au filet de coton d'une émouvante exiguïté, en passant par des lingeries et des dentelles carrément érotiques, des tulles impalpables faits pour souligner plus que pour couvrir. Devant chaque photo de Karine Velle que je verrai désormais, je saurai que, sous la tenue garçonnière, il y a un corps paré pour le désir et la fête.

Rouvion m'a surpris, rêveur, devant une espèce de guêpière noire faite d'une soie aérienne. Il a dit: « A part ces intéressantes découvertes, vous avez trouvé autre chose ? »

J'ai dit: « Je crois que oui. On a fait l'amour dans ce lit depuis très peu de temps, à moins d'imaginer que Karine Velle couchait dans des draps douteux, ce qui est improbable. »

Rouvion a dit: « Dans votre esprit, très peu de

temps, ça signifie *après* le départ de Simon Nédellec pour Tahiti ? »

Et oui ! Ça signifie que Karine Velle ne prenait pas le deuil quand son amant en titre prenait l'avion.

Rouvion a dit : « Intéressant !... Pendant que je vais étudier ces papiers à la loupe, vous pourriez peut-être aller un peu plus loin dans cette direction. Les histoires de cul réservent parfois des surprises instructives. »

En somme, Monsieur le Commissaire Principal se réserve les nobles tâches et me laisse les poubelles à vider. Du moins, cela me permet-il de garder un pied dans l'enquête. Elle commence à m'intéresser cette Karine.

13

YVONNE PIVETEAU

Dans le temps, quand nous avons emménagé rue de Bourgogne avec mon pauvre Charles, les gens ne mouraient pas. Enfin, pas souvent. Les hommes mouraient quelquefois parce qu'ils avaient attrapé des blessures ou des gaz à Verdun, mais les femmes ne mouraient pas et elles ne se remariaient pas beaucoup parce qu'il n'y avait pas beaucoup d'hommes et elles ne déménageaient pas parce que les loyers n'étaient pas chers rue de Bourgogne. Total on avait le temps de se connaître. L'immeuble était comme un village et tout le monde savait ce qui se passait surtout parce qu'il ne se passait pas grand-chose, mais aussi parce qu'à force de se rencontrer dans les escaliers ou dans la cour, sans se jeter à la tête des voisins, on finissait par se parler.

Quand le propriétaire a décidé de vendre, à cause de la crise, mon pauvre Charles n'a pas hésité à acheter puisque nous avions un peu d'argent de côté sur ma dot. Il disait : « Ce sera un capital sûr. » C'est bien triste qu'il n'en ait pas profité longtemps, mais quand il s'est vu partir, il me répétait· « Au moins, tu seras toujours chez toi. »

Oui et non ! Les choses se sont mises à changer, de plus en plus vite, surtout à partir de la nouvelle guerre. On peut dire que je ne connais presque plus personne et à quatre-vingt-un ans passés, bientôt quatre-vingt-deux, ce n'est pas un âge où on se fait des connaissances. Quand je quitterai ce monde, on pourra dire qu'il m'aura quittée le premier.

Et voilà que la petite du deuxième est morte aussi. C'est bien simple, tout le monde meurt, maintenant, sauf moi. On n'est pas chez soi quand on est à l'étranger et vieillir dans un endroit comme ici, c'est partir à l'étranger petit à petit.

J'aimais bien la voir passer dans la cour. Elle n'avait pas mauvais genre comme d'autres qui sont venues habiter ici ces dernières années. Mais surtout, quand il y a un appartement de libre, j'ai peur à cause de mes enfants.

Ils sont bons, pour moi, on ne peut pas dire, mais je sens bien qu'ils se font du souci. Surtout Josette qui me répète souvent : « Vivre toute seule à votre âge, mère, ce n'est pas raisonnable. » Ils se sont mis dans la tête que je serais mieux dans un *home*. Ils en connaissent un dans l'Allier, avec chambre particulière et un espace commun pour la Télé, très bonne nourriture, une surveillance médicale et un jardin, presque un parc. Ils m'en ont parlé la première fois, quand ils sont venus me fêter mes quatre-vingts ans. Je leur ai dit que si c'était aussi bien, ça devait coûter les yeux de la tête. Ils m'ont dit que, d'abord, ça ne coûtait pas si cher que ça, grâce à l'aide aux personnes âgées, et ensuite, avec l'argent de mon appartement, ils auraient largement de quoi payer ma pension et, même, faire un premier versement pour une maison de pêcheur les pieds dans l'eau dans une résidence de vacances sur la Costa Brava, en Espagne. « Vous ne vous rendez pas compte, mère, a dit Josette, depuis le temps, le quartier a drôlement décollé, c'est devenu le haut de gamme.

Vous êtes riche et vous n'en profitez pas, et vos enfants non plus.

— Surtout, a dit Louis, surtout je serais plus tranquille de ne pas te savoir toute seule. »

Maintenant que la petite est morte, ils vont revenir à la charge et Josette va me dire :

« Savez-vous à combien est estimé l'appartement de Karine Velle, beaucoup plus petit que le vôtre ?... »

Je ne voudrais pas être égoïste, mais je n'ai pas envie d'aller dans un *home* et de me promener dans un jardin avec des personnes âgées. Sans compter que je ne verrais plus guère les enfants. Louis a beau dire que l'Allier, ce n'est pas le bout du monde, c'est quand même plus loin de Saint-Maur que la rue de Bourgogne. Déjà, ils ne viennent pas souvent et pourtant, ils sont bons pour moi. D'un autre côté, c'est vrai que tout le monde, maintenant, va sur la Costa Brava, je comprends bien, mais je voudrais qu'ils comprennent, eux aussi, qu'à mon âge, on est vite perdu si on n'a plus ses habitudes. Déjà, je sors le moins possible parce que tout a changé dans l'immeuble, à commencer par la concierge. Le jour où elle est partie parce qu'elle était fatiguée, j'ai été très peinée. Depuis, on a une « gardienne d'immeuble », ce n'est pas la même chose, mais, d'après l'assemblée des copropriétaires, c'est ce qui se fait maintenant. Quant à la rue, à part la plaque, mon pauvre Charles ne reconnaîtrait plus grand-chose. On peut dire que rien n'avait bougé pendant cinquante ans, ni les habitants, ni les commerçants, ni leurs boutiques et, d'un seul coup, tout a changé. Si on m'avait dit que je regretterais l'épicière qui était un vrai chameau ! Au moins, elle m'appelait par mon nom. A la place de l'épicerie, ils ont fait un restaurant chinois, et ainsi de suite...

Heureusement, dans mon appartement, je m'y reconnais. Les enfants disent que ça devient un vrai capharnaüm. Ce n'est pas un capharnaüm, c'est toute ma vie qui est autour de moi. C'est tout ce qui me reste. Je ne veux pas qu'on y touche. D'ailleurs les vieux endroits, si on commence à y toucher... Quand Louis a épousé Josette, je leur ai proposé de prendre des meubles, mais Josette préférait du moderne. Louis m'a juste demandé la grande glace au-dessus de la cheminée, parce qu'il se souvenait que son père se regardait toujours dedans pour vérifier son nœud de cravate. Quand ils l'ont décrochée, j'ai eu un choc. J'avais oublié que le papier du mur était aussi gai. Les bouquets et les guirlandes étaient vraiment rose et pervenche sur fond blanc. Je ne m'étais pas aperçue qu'ils étaient devenus gris sur fond gris. Après le départ des enfants, j'ai pleuré en regardant ce grand rectangle joli et jeune qui faisait paraître le reste de la pièce vieux et moche. Louis m'a proposé de faire tout retapisser. J'ai refusé. Dans du neuf, c'est moi qui aurais l'air vieille et moche.

Je me suis confessée au vicaire de Sainte-Clotilde, comme chaque mois. Je lui ai demandé si c'était un péché d'égoïsme de ne pas vouloir aller dans un *home*. Il m'a répondu que certainement non, Dieu ne me demandait pas ce sacrifice. Mais je n'ai pas trop confiance en lui pour la confession parce qu'il trouve que rien n'est un péché et que c'est à chacun de choisir sa pénitence. J'aimais mieux qu'on me dise combien de *pater* et d'*ave* ou de dizaines de chapelet... Les prêtres ont bien changé, eux aussi, ils s'habillent comme des hommes et il y a des choses qu'on ne dit pas à des hommes. Ils les prennent trop jeunes, à présent et, à mon avis, un bon prêtre doit avoir un certain âge. Les agents aussi sont devenus trop jeunes. Enfin, c'est la vie !

Pour revenir à la petite de la Télévision, j'ai entendu le boucher dire à une cliente que ce n'était pas une mort naturelle, d'après le journal. Je ne lis plus le journal depuis qu'ils l'impriment avec des caractères de plus en plus petits mais, d'après le boucher, ce serait encore un coup des Russes. Il faut dire qu'il voit les Russes partout. Mon pauvre Charles avait été prisonnier avec des Russes, après la Marne, il les trouvait bizarres mais pas méchants. Quand la police est venue pour emporter le corps, j'ai trouvé drôle qu'il n'y ait personne de la famille, même pas son père qui venait pourtant la voir souvent. Un homme très distingué que j'ai vu une fois à la télévision. Il ne s'appelle pas Velle mais je connais son prénom, toujours d'après le boucher : « Le jules de la petite Velle doit être dans ses petits souliers. » Il doit surtout être bien triste, oui !

Hier soir, j'ai dit un chapelet pour elle, avant de regarder Guy Lux. Je ne veux pas aller regarder la télévision dans un espace commun dans l'Allier. Ici, j'allume et j'éteins quand je veux et si je tousse, ça ne dérange personne. Je ne sais pas pourquoi je tousse tellement. D'après le docteur, ce n'est pas grave. Il me donne un sirop qui ne me fait pas beaucoup d'effet. Ici encore, les médecins de maintenant ont l'air de vrais gamins, ils n'ont jamais le temps de vous écouter et ils ne vous auscultent pas à fond. Le mien voudrait me faire entrer en clinique deux ou trois jours pour un « bilan ». Merci bien ! Les cliniques, on sait quand on y entre... A mon âge, il n'y a rien de pire qu'une clinique, un bon médecin devrait le savoir.

14

MARIE NÉDELLEC

Je ne vais quand même pas couper dans les bobards du genre « une mère *sent* ces choses-là » et ainsi de suite ! N'empêche que maman m'a regardée d'un drôle d'air quand je suis rentrée (un peu) en retard pour le dîner. Papa, lui, ne m'a pas regardée du tout. Depuis que le journal de Ronan a mis les pieds dans le plat sur l'affaire de la « morte mystérieuse » et de la « haute personnalité », les repas à la maison sont devenus supermerdiques. Les parents se parlent sans arrêt, pas pour se dire des choses, mais comme s'ils avaient peur de se taire. Avant, on se taisait quand on en avait envie et c'étaient souvent de bons moments.

Maman m'a dit :

« Tu as quelque chose ? Tu n'ouvres pas la bouche... »

Je me demande quelle tête ils auraient faite si j'avais répondu : « J'ai perdu mon pucelage dans la soirée. »

J'aurais pu choisir quelqu'un de moins tarte que Jean-Luc pour faire ça, mais je me suis décidée au dernier moment et c'est lui que j'avais sous la main. Il est beaucoup plus vieux que moi, mais il a deux chambres de bonne — il dit « mon studio » mais c'est deux chambres de bonne — et j'en avais assez de me faire peloter dans des appartements de parents en guettant le bruit de l'ascenseur, dans le cas où « ils » rentreraient plus tôt que prévu. Sans compter les bonnes portugaises qui ont toutes des semelles en caoutchouc.

Ce n'est pas tout à fait vrai que je me suis décidée au dernier moment. J'y pensais, mais rien de précis. J'y pensais tout de même sérieusement depuis que j'ai vu papa embrasser sa pute par la fenêtre de l'ascenseur de Vanessa.

L'après-midi avec Jean-Luc n'a pourtant pas commencé dans le sexuel. Il m'a traînée au cinéma voir un vieux polar plutôt débile. Il adore le genre ciné-club, de préférence en noir et blanc, en version originale, avec un son dégueu. Après il faut en parler pendant une heure ! D'habitude, je lui dis au revoir quand j'en ai vraiment marre. Aujourd'hui, on a traîné de la rue de Cluny à la rue de Lille où il a son « studio ». Pour la première fois, j'ai remarqué que les bonnes femmes avaient tendance à le regarder des pieds à la tête, comme elles font avec papa quand on sort ensemble. Enfin, quand on sortait ensemble ! Honnêtement, Jean-Luc est plutôt bien, si on aime le bon chic, bon genre, trentaine avec cravate. Je lui ai pris le bras, ce que je déteste et, de fil en aiguille, on s'est retrouvés dans ses chambres de bonne. Jusque-là, c'était copain-copain, une main sur la cuisse de temps en temps, au cinéma, mais vraiment le minimum.

On a écouté l'ouverture de la *Flûte* ou des *Noces* — je les mélange toujours — sur sa nouvelle chaîne. Je reconnais que c'est une très bonne chaîne mais avec Jean-Luc, il faut passer son temps à discuter des graves et des aigus et, au bout de dix minutes, je lui ai demandé d'arrêter sa musique. Je crois que si on avait continué dans Mozart ou dans n'importe qui, rien ne serait arrivé. La musique, ça meuble. Tandis que le silence après la stéréo...

Jean-Luc a commencé à me regarder, ce qui

s'appelle regarder, avec un sourire entre gentil et cochon. Il a dit :

« Au fond, c'est la première fois que nous sommes tous les deux chez moi. »

Comme une vraie conne, j'ai répondu :

« Oui, les autres fois, il y avait les autres... »

Il a ri et il m'a embrassée sur le coin de l'œil. Puis, sur le coin de la bouche. J'ai ouvert les lèvres juste assez pour qu'il comprenne qu'il pouvait continuer. Il faut reconnaître qu'il sait embrasser. C'est autre chose que les petits merdeux de Janson-de-Sailly. Je crois que c'est à cet instant-là que je me suis décidée. J'ai profité d'un moment où il reprenait souffle, après un bouche-à-bouche extra-technique pour dire : « J'ai envie de faire l'amour avec toi. »

J'ai dit cela à mi-voix mais très distinctement, en le regardant bien dans ses yeux, qui ont fait *tilt*. Il a bredouillé plein de choses gentilles et m'a prise dans ses bras. L'agrément d'écouter de la musique vautrée sur un divan, c'est qu'on peut enchaîner sur le câlin.

Jean-Luc déshabille très bien. C'est vrai que pour enlever une jupette et un tee-shirt, il n'y a pas besoin d'être virtuose. J'ai failli serrer les jambes quand il a fait glisser mon slip. Se faire tripoter sur un canapé par un garçon et être toute nue sur le lit d'un monsieur, quelle différence ! Jean-Luc est vraiment un monsieur, plus du tout un garçon. Je me suis glissée sous le couvre-lit, genre truc au crochet du temps des lampes à pétrole, en m'accrochant les doigts de pieds dans tous les trous. C'était moins pour cacher mon zizi — quand on n'écarte pas les cuisses, on ne voit que les frisettes — qu'à cause de mes seins. Ils sont trop gros — à mon goût ! J'en connais qui ne s'en plaignent pas — et si ça continue, je suis bonne pour le soutien-gorge, horreur des horreurs ! Quand Jean-Luc a commencé à retirer ses chaussettes, je me suis retournée contre le mur, c'était plus fort que moi. Il m'a rejointe sous la couverture. Il s'est collé contre moi et, rien qu'à sentir son machin se frotter à mon dos, je me suis dit que j'allais y passer, vite fait.

Erreur ! Il m'a d'abord caressé la nuque et les épaules, juste comme j'aime. Il a demandé :

« Il y a longtemps que tu as envie de faire l'amour avec moi ? »

J'ai répondu :

« Pas tout à fait une demi-heure. »

On a eu un fou rire. Il en a profité pour me retourner vers lui. Je paniquais un peu. On s'est embrassés profond, profond mais pas méchamment comme les petits merdeux de Janson. Les pointes de mes seins durcissent tout de suite quand on les touche. Là, c'était le record. Puis l'une des mains de Jean-Luc est descendue et j'ai ouvert les jambes puisque j'étais là pour ça.

Il avait des gestes très lents et doux. Il me disait que ma bouche sentait la pêche, que j'avais un con de velours.

Je me suis dit qu'il allait me réussir. Gisèle, qui a fait ça il y a trois mois, dit que c'est terrible quand le premier vous loupe. Elle a été loupée et, depuis, elle est frigide, elle a des troubles et elle va sans doute échouer à son examen de passage en seconde.

Je me suis dit que j'avais bien choisi mon premier. Tu parles ! Comme il s'occupait sérieusement de mon « con de velours », il a fallu que je l'affranchisse. J'ai dit :

« Je te préviens que je suis vierge. »

Ça l'a gelé d'un seul coup. Plus un mot, plus un geste, les yeux écarquillés, la bouche grande ouverte. Il a repris son sang-froid par paliers, en marmonnant des « vierge... comment vierge ? Tu veux dire que... Oui, mais alors... ça, alors !... »

Je lui ai expliqué, super-calme, qu'il aurait pu

s'en douter, qu'à quinze ans, ces choses-là arrivent encore, que j'étais vierge, que je n'avais plus envie de l'être, qu'il était l'heureux élu, qu'à son âge, avec son expérience, ce n'était pas un cauchemar de me faire sauter mon pucelage.

Il a dit que non, bien sûr, au contraire, mais que la surprise, l'émotion et ainsi de suite...

On est repartis à zéro et, petit à petit, on a recommencé la manœuvre. J'ai même aidé son zizi à reprendre du poil de la bête. Ça, au moins, je sais faire ! Bref ça rembrayait plutôt bien quand Jean-Luc a dit une chose abominable. Il a dit :

« Ma chérie, ça me trouble beaucoup d'être ton premier amant... Tu comprends, je pourrais presque être ton père. »

Là, c'est moi qui me suis sentie glacée, glacée de fureur des pieds à la tête. Comment ce salaud pouvait-il me parler justement de mon père et justement en faisant ça ? Je l'ai traité de tous les noms. Il n'y comprenait rien et, moins il comprenait, plus je l'injuriais. J'ai voulu me dégager de dessous lui, mais, à son tour, la colère l'a pris. Il est devenu blanc et laid. Il a gueulé :

« Non, mais tu es folle ou quoi ? Tu sais ce que tu veux ou quoi ? En tout cas, je vais te dire une chose : tu es venue te faire sauter, tu vas être sautée, ça je te le dis... »

J'étais raide, nouée, fermée comme une huître, on se crachait des injures pas croyables. Il a réussi à me violer, vraiment violer, parce que je n'ai pas osé résister jusqu'au bout, j'avais peur qu'il devienne enragé. Encore heureux qu'il ne soit pas monté king-size, mais il m'a fait mal.

Ça n'a pas duré longtemps. A peine entré, il était déjà dehors et sa semence a coulé sur mon ventre, comme on dit dans les pornos.

Il a bondi dans la salle de bains et il est revenu avec une serviette pour éponger sa béchamel, sans doute pour ne pas tacher la couverture de grand-mère, car je saignais.

Naturellement il a eu honte. Moi aussi. Il m'a demandé pardon. J'ai dit que c'était aussi de ma faute. On s'est quittés avec des têtes minables. Il a répété au moins dix fois qu'il n'y comprenait rien. Moi non plus.

Maintenant que j'y repense avant de m'endormir grâce à un valium piqué à maman, le zizi bourré de Tampax, au cas où il saignerait la nuit, je me dis que j'ai été super-loupée. Ce n'est pas trop grave. J'oublierai.

Ce que je n'oublierai pas, c'est que pendant

tout le dîner, papa n'a rien compris. Il a péroré sur la santé de « Georges » qui est « préoccupante » et sur des tas de sujets sans aucun intérêt. Si je me coupais un bras, je me demande s'il s'en apercevrait. Il s'est contenté de dire que j'avais une drôle de tête. Et sa tête, à lui, il l'a vue ? Il est brun à cause de Tahiti, mais il a vieilli de dix ans. Qu'est-ce qu'il attend pour me parler comme à une personne ? C'est encore pire quand il fait semblant d'être gai et que « l'été prochain on passera les vacances ensemble au Lavandou dans une maison superbe qu'on lui prête, sur la plage, avec une piscine » et gnagnagna...

Qu'est-ce qu'il croit ? Que je vais m'éclater à l'idée de passer des vacances avec un père qui me traite comme une mongolienne ?

L'été prochain, j'irai fumer du hasch aux Baléares avec des barbus crasseux et je baiserai avec n'importe qui pour me payer le voyage.

Sans compter que l'été prochain, j'espère bien que je serai morte.

15

BERNARD VELLE

Beaucoup de metteurs en scène ont un roman avorté sur la conscience. C'est mon cas. J'éprouve depuis longtemps un sentiment de frustration à ne pouvoir m'exprimer qu'avec l'aide d'un certain nombre de relais, dialoguiste, photographe, cadreur, ingénieur du son, interprètes, tous censés traduire exactement ma pensée, mais qui l'amputent ou la surchargent. Comme disait Clouzot, je suis le « premier spectateur » du film que je tourne ; je n'en suis pas l'auteur unique. Sans compter le paquet de millions qu'il faut pour s'exprimer et qui constitue autant un handicap qu'une aide.

Être l'écrivain, seul dans sa chambre, penché sur une feuille vierge, qui commence à écrire

« Tes pas, enfants de mon silence... » Quel fantasme irrésistible pour un metteur en scène. Quelques francs de matière première, la solitude, et une œuvre naît, qui existe à l'instant même où elle est conçue...

Karine morte emporte dans sa tombe le « grand » film dont sa vie aurait été la trame. Un roman me permettrait de ne pas renoncer à l'ambition de créer avec elle plus et mieux qu'une chronique feuilletonesque. Ce chagrin brumeux qui décolore mon univers quotidien servirait au moins à quelque chose.

Premier travail: récapituler ce que je sais d'elle. Et, d'abord, trier deux sortes d'éléments de connaissance. Il y a ce que j'ai appris de première main, en trois ans de vie commune, mais Karine n'est pas née le soir où je l'ai rencontrée sur le pont Alexandre III. La singularité de l'histoire qui nous a réunis tient à l'absence de contexte de cette jeune femme venue d'ailleurs, sans bagages. Le thème de l'amnésie n'est pas neuf, mais je ne connais pas d'autre exemple d'un individu doué de mémoire face auquel le reste du monde soit comme amnésique. Les ballets Moïsseiev ont quitté Paris le lendemain de la fugue de Karine avec ses papiers, ses objets personnels, ses vêtements, son passé. Le charme des premiers temps d'une liaison est, pour une part, la découverte de l'environnement de l'autre. Les confidences et jusqu'aux bavardages des parents ou des amis compensent l'aveuglement d'une passion toute fraîche, ils donnent au personnage sa vraie pesanteur, sa dimension humaine. Quand Nédellec a hérité de Karine, elle existait depuis trois ans, des gens pouvaient dire, en sa présence, « tu te souviens ». Moi, j'ai découvert une femme bien plus que nue.

Pour construire le personnage de mon roman j'en suis donc réduit à ce que Karine m'a raconté de son enfance et de sa jeunesse. Elle-même a fait le premier tri de ce qu'elle souhaitait que je sache. Je m'avise aujourd'hui qu'elle a beaucoup trié. La somme de ses confidences se résume à un synopsis dont l'indigence, soudain, m'étonne.

Karine est née dans une datcha des environs de Moscou, d'un père français et d'une mère ukrainienne. Le père, pilote de l'escadrille Normandie-Niémen, blessé grièvement dans un combat aérien aux derniers jours de la guerre, est classiquement tombé amoureux de son infirmière. Elle est membre du Parti. Lui est titulaire des plus hautes décorations soviétiques. Le régime socialiste l'a conquis. En reconnaissance des services rendus et, sans doute, avec une arrière-pensée de propagande politique, Staline, en personne, autorise le mariage et le changement de nationalité du Français.

L'enfance de Karine est heureuse. La situation importante qu'occupe son père dans un combinat industriel assure à la famille l'existence privilégiée des favoris du régime. Elle fait ses études dans les établissements réservés aux fonctionnaires de haut rang. Son père se charge de lui apprendre la langue et la culture françaises.

A dix-sept ans, Karine est admise à l'Académie de danse de Moscou. Fin de la période rose ! Son père muté à Leningrad, la jeune fille entre en pension, en caserne plutôt, selon ses descriptions...

Sous le règne de Brejnev, tout le monde est suspect, dans la Russie de l'époque et, au premier chef, une demi-étrangère. Ses camarades font de Karine leur souffre-douleur. Pendant trois ans, elle serre les dents et obtient son diplôme de justesse, ses qualités et son travail ne désarmant pas la malveillance des professeurs.

Elle est engagée comme élève stagiaire dans la troupe des ballets Moïsseiev. Son mauvais dossier la destine à ne jouer que les utilités et même, elle redoute d'être un jour exclue du syndicat de la danse, ce qui changerait son statut en celui de travailleuse manuelle. Sa propre famille tombée en disgrâce ne peut lui être d'aucune aide. Elle songe au suicide. Elle a vingt-deux ans. L'un des régisseurs de la troupe la convoque un jour dans son bureau. Il l'a remarquée parmi les figurantes, elle lui plaît, il le dit sans préambule en précisant les deux termes de l'alternative : le lit ou la porte. Karine choisit le lit et devient la maîtresse en titre du régisseur. C'est un Don Juan brutal, aux appétits sexuels insatiables. Sollicitée sans trêve de le satisfaire, Karine reçoit le salaire de sa soumission. De figurante, elle devient danseuse, puis soliste. Son amant obtient qu'elle soit au nombre des sujets choisis pour la tournée européenne du ballet. Karine a déjà décidé de s'évader. Elle est lasse, jusqu'à la nausée, des complaisances qu'elle doit consentir. De plus, elle soupçonne que le régisseur s'intéresse à une autre figurante et que, de retour à Moscou, elle perdra son protecteur. Le lendemain de la dernière représentation à Paris, elle quitte l'hôtel où est logée la troupe, se rend à la préfecture de police et demande l'asile politique. La suite, je n'ai pas besoin de la reconstituer, je l'ai vécue. La suite, c'est le pont Alexandre III et moi.

Je résume à gros traits mais (en fait) Karine ne m'a rien raconté de plus sur ce squelette, il n'y a ni sang, ni chair. Jamais elle ne m'a dit de ces phrases sans importance qui dévoilent des parcelles d'intimité précieuses. Jamais elle n'a dit : « Un jour, j'avais une robe bleue, je me promenais avec mon amie Natacha, le long d'un étang couvert de nénuphars. »

Ou bien : « Ma mère, qui avait des cheveux blonds coupés court... »

Ou bien : « Le dimanche, on mangeait de la tarte aux myrtilles. »

Je ne sais pas si le père de Karine portait ou non la moustache, si sa mère était grande ou petite, de quelle couleur étaient les rideaux de la chambre, qui étaient les amis de la famille, quels étaient les plaisirs et les jeux de la petite fille, les songes de l'adolescente.

Heureuse ou malheureuse, une enfance se compose de détails. J'ai trop l'habitude du travail de scénario pour ignorer que même la pure fiction ne se réduit pas aux grandes lignes d'une histoire ; elle commence à exister lorsque, par touches successives, l'accessoire s'accumule autour des personnages.

Les rares fois où j'ai tenté de provoquer des confidences, moins sommaires, Karine m'a dit qu'elle préférait oublier « tout cela ». Encore faut-il pouvoir oublier ; les souvenirs ne s'abolissent pas sur commande et je comprends mal que certains n'aient pas surgi à l'improviste.

Un romancier peut décider de ne pas visualiser l'action et les personnages qu'il invente, laissant à chaque lecteur le soin de les mettre lui-même en images. En revanche, on n'évoque pas son passé sans qu'une foule de détails concrets envahissent la mémoire. Comment être assez maître de soi pour n'en laisser émerger aucun dans la conversation banale ? Sans doute déformé par mon métier de metteur en scène, j'éprouve l'impression absurde que Karine n'a pas *vu* les épisodes qu'elle retrace.

Reste la femme que j'ai connue mais là non plus, je ne me sens pas sur un terrain solide. Par lâcheté, à tout le moins par prudence, je n'ai pas cherché à analyser la nature de nos rapports. Mes propres sentiments envers elle n'appellent pas l'exégèse. Elle était belle et c'est peu dire que je ne suis pas beau ! On ne refuse pas un cadeau comme le corps de Karine mais, rétrospectivement, on n'évite pas de se poser des questions.

Je ne trouve rien de monstrueux au mariage de convenances, le nôtre procurait à Karine la nationalité française et une relative sécurité matérielle. J'ai souhaité qu'elle soit à moi et, en termes stricts de comparaison, mon comportement, au début de notre liaison, n'était pas beaucoup plus reluisant que celui de son régisseur. Le spectre de ce dernier m'a, d'ailleurs, souvent retenu de me montrer pesant. L'insistance de Karine à évoquer le priapisme de son ancien protecteur invitait implicitement à la discrétion. Lorsqu'elle m'y invitait, nous faisions l'amour sans réticences ; je la trouvais ouverte, accueillante, active, mais je ne me suis jamais risqué à solliciter des complaisances ou simplement des tolérances dont elle ne m'aurait pas, au préalable, indiqué le chemin. Avec le recul, je constate que notre univers sensuel était, d'une certaine manière, balisé par le fantôme d'un bouc émissaire chargé d'indiquer les sens interdits.

Et si ce régisseur n'avait pas existé ? Si Karine l'avait créé pour n'avoir pas à me dire certaines choses ? Inconsciemment, je me suis retenu d'être tout ce qui, dans les récits de ma femme, rendait l'autre haïssable.

Hypothèse de travail: Karine a besoin d'un passeport et d'un revenu. Je peux lui apporter l'un et l'autre. Elle m'épouse. Je suis laid, mais pas repoussant. Nous pouvons avoir une vie physique normale à condition de la contenir à l'intérieur de certaines limites. Karine ne me connaît pas assez pour formuler ces limites avant d'éventuelles tentatives de transgression de ma part. Comment prendre les devants ? Karine invente un repoussoir chargé de transmettre le message au second degré. Il suffira de grossir le trait dans la description du méchant pour me tenir en garde. Par exemple, raconter que le régisseur-épouvantail appréciait la fellation et pratiquait la sodomie avec un sadisme bestial afin que de pareils fantasmes ne puissent même pas effleurer mon inconscient. Mais au cours de confidences d'autant plus intimes qu'il s'agissait de me conditionner « en détail », le personnage avait si peu de réalité que je n'aurais pas su à quel comédien faire jouer son rôle. Un metteur en scène ne peut pas se tromper à ce signe.

Je divague peut-être. Qui était Karine Velle, ma femme ? Je possède plus d'éléments que n'importe qui pour répondre à cette question, mais je soupçonne qu'il me faudra d'abord oublier ce que je croyais savoir.

16

ISABELLE NÉDELLEC

Les oiseaux qui n'ont pas de sphincter sèment leurs fientes au hasard. Béatrice est ainsi quand elle parle. A peine conçus, les mots lui sortent de la bouche hors de tout contrôle. C'est parfois drôle mais, le plus souvent, les témoins de ces incontinences éprouvent un sentiment de consternation. En vouloir à Béatrice serait contre nature sauf à la créditer d'une forme, même embryonnaire, d'intelligence. Hypothèse saugrenue ! Je jurerais qu'aucune malveillance n'a inspiré son irruption fracassante dans une conversation qui paraissait sans danger. A présent, lorsqu'ils nous reçoivent, nos amis prennent grand soin d'éviter tout sujet pouvant de près ou de loin, ou même de très loin, évoquer « l'Affaire ». Dans ces cas-là, rien ne vaut le confort climatisé de l'insignifiance mondaine. On parle moins de ce qu'on a lu, vu ou entendu que de ce qu'il est de bon ton d'en penser. A quoi bon perdre son temps au palais de Chaillot ! L'essentiel est de savoir que Matthieu Galey dit que Jack Lang monte « des spectacles pour enfants qui déconcertent les grandes personnes ». Côté cinéma, la conversation partait bien avec Gérard Depardieu dans *Les Valseuses* (une révélation d'accord, mais pourra-t-il jouer autre chose que des rôles de voyous ?), mais on sentait confusément que du cinéma à la télévision il n'y a qu'un pas et qu'une association d'idées est vite arrivée. Finalement, la littérature semblait offrir de meilleures garanties de sécurité et au box-office des propos de table, les prix littéraires restent une valeur refuge. Il fallait bien que quelqu'un dise du Goncourt de Jacques Chessex qu'il avait un accent vaudois, ce qui fut dit ! Que Daniel Boulanger était notre meilleur auteur de nouvelles, que Michel Dard ou Suzanne Prou d'accord, mais que beaucoup d'autres romans auraient mérité des prix et ainsi de suite selon une partition invariable. J'ai fait un bide en essayant de lancer le nom de Milan Kundera (oui, Milan, comme un milan, oui, comme la ville), mais le transfuge tchèque n'est pas ce qui se porte cette saison qui assure la promotion des réfugiés chiliens. Simon, presque décrispé ce soir, a donné une chance à la soirée qui s'embourbait dans l'anecdote, en observant que la plupart des bons ouvrages récents tournaient le dos au présent pour se pencher sur l'enfance, à tout le moins la jeunesse des auteurs, que même le roman était passéiste comme si l'imaginaire manquait d'imagination. « La vie galope devant nous, disait-il, les écrivains ne soutiennent pas le train. »

Béatrice a saisi l'occasion d'un silence pour articuler :

« Je suis bien d'accord avec toi ! Sans aller plus loin, ce qui t'arrive ferait un formidable sujet de roman, non ? Je veux dire... c'est vrai, non ? »

Des légions d'anges sont passées dans le salon. Le pauvre Roger pourtant habitué à rattraper les gaffes de sa femme est resté coi. Très vite les amis se sont avisés qu'il était tard, qu'ils devaient se lever aux aurores ou qu'ils avaient juré à la babysitter de la libérer avant le douzième coup de minuit.

Dans le court trajet de retour, Simon a dit :

« Béatrice est évidemment l'un des chaînons

manquants dans l'évolution des espèces animées. »

Avant d'aller se coucher dans son bureau, comme il fait désormais, il m'a embrassée avec un peu de la tendresse ancienne.

« Je donnerais beaucoup pour t'épargner ce genre d'égratignures. »

Bien sûr, il ne pouvait pas imaginer que son intermède franco-russe déboucherait sur ce bourbier et je m'efforce de ne pas trop lui en vouloir, mais la sainteté n'est pas mon registre naturel.

Pourquoi ai-je décidé de me solidariser publiquement avec lui, malgré les objurgations de maman qui, le scandale à peine éclos, a volé chez son avocat pour s'entendre confirmer que j'avais en main toutes les cartes pour un divorce express, propre à me mettre à l'abri du besoin jusqu'à la fin des temps ?

Pourquoi fermer l'oreille aux incitations sournoises de telles de mes amies, que je soupçonne, au vrai, de défaire notre ménage pour être plus libres d'aller lécher les plaies du cher Simon ?

Béatrice n'a pas complètement tort, ainsi qu'il arrive souvent aux connes. Ce que nous vivons fournirait une bonne trame à un roman bourgeois. Je n'ai pas de goût pour cette sorte de littérature mais je reconnais au moins le mérite à la situation présente de chambouler la monotonie de notre univers familial.

Je n'y prends pas plaisir, mais de l'intérêt, oui. D'abord, Simon reparle, *me* reparle, au lieu de se borner à m'adresser des sons courtois, harmonieux et neutres. Certes, la conversation tourne un peu trop exclusivement autour de la chère disparue, mais je commence à porter de la curiosité à cette personne. Je n'ai pas appris grand-chose de leur intimité amoureuse car, sur ce chapitre, Simon a le vocabulaire moins large que les idées. D'une manière générale, les hommes restent timides sur ces sujets, ils sont souvent grossiers mais n'atteignent pas, et de loin, à l'impudicité des femmes entre elles. Je commence à distinguer les contours du personnage de Karine Velle que je n'ai jamais vue. En revanche, l'homme qui dort (?) derrière la cloison et qui a si longtemps partagé mon lit, me tient à distance de ses états d'âme. Cette crise qui devrait nous rapprocher puisque nous la vivons ensemble, n'abaisse pas les barrières dont Simon s'entoure pour protéger quoi ? Il appartient à cette race d'êtres qu'il faut conquérir par la face nord, celle qui est verglacée même au mois d'août. Pourtant, sa souffrance me le rend moins indifférent, car il souffre, ce grand dadais, cela se traduit par un détachement de lui-même qui m'exaspère et m'attendrit. Le hâle de Tahiti, dont j'imagine qu'il aimerait se débarbouiller comme d'un maquillage de fête peu convenable à son état, n'empêche pas de lire sur son visage le passage du malheur. On serait abattu à moins ! Sans parler de ses problèmes intimes, sa carrière lui part sous les pieds. Le journal de Ronan pose ouvertement l'hypothèse d'une affaire d'espionnage dans les bonnes traditions du genre. Le Président m'a assuré, dans le privé, qu'il conservait toute sa confiance à Simon, qu'il fallait traiter ces ragots par le mépris, mais je sais bien que l'innocence n'est pas un atout maître dans la vie politique à ce niveau. Au mieux, Simon risque de se retrouver ambassadeur à Berne, et moi dans tout ça ?

Ronan ne multiplie pas les escales à la maison, ce que je comprends, car sa situation n'est pas confortable. Marie profite de l'occasion pour s'affranchir de toute espèce de contrainte familiale. J'ai renoncé à lui faire la leçon depuis qu'elle m'a lancé, dans ce langage de loubard qui a contaminé les cours privés les plus respectables et qu'on croit rassurants parce qu'ils sont hors de prix :

« Ah ! Je t'en prie maman, cesse de me parler comme à une tarée... Je ne suis plus une petite fille... Je ne suis même plus une jeune fille... Parfaitement... Je me suis fait grimper par Jean-Luc... Ben quoi ?... Je te le dis parce que j'ai besoin de toi pour la pilule. »

J'avoue que ma réplique a manqué d'altitude :

« Pourquoi ? Tu comptes recommencer ? »

Marie m'a regardée comme elle eût fait d'un échantillon paléolithique.

« Maintenant que le plus dur est passé, je ne vois pas pourquoi... Et alors, c'est pas un monstre... Franchement, si tu voyais ta tête... »

Ma tête se composait sans doute de tous les sentiments d'usage en pareil cas, les plus conventionnels, les plus profonds, les moins attendus, les moins reluisants. Il faut dire que le Jean-Luc en question, avant de « grimper » ma fille, avait entrepris ma propre escalade, il y a moins de six mois, à l'issue d'un dîner où il figurait au titre d'homme d'appoint. Simon était en mission à l'étranger. Essai non transformé ! J'avais décliné l'honneur de visiter son studio et nous en étions restés à un badinage automobile très superficiel. Et voici que ce bouc polytechnicien... Je regardais, là, devant moi, hostile et malheureuse, cette merveille de la nature, cette fragilité, cet éclat de perle, tout cet inachevé, cette mutante qui venait de quitter sa planète pour entrer dans mon propre univers que je connais si bien, trop bien ! Les poncifs habituels me sont venus aux lèvres, je les ai retenus du bout des dents, sauf un :

« Enfin, je veux dire... tu l'aimes ? »

Marie n'a pas baissé sa garde.

« Si je l'aimais, je ne t'en parlerais pas, mais la baise, au moins, je pense que tu connais. »

Je n'ai jamais eu le goût et je n'ai pas encore l'âge de jouer les mères outragées. La baise, en effet, je connais ; moins que ma réputation ne le donne à penser, assez pour mériter la réponse de Marie. Mais j'accepte mal que cette adolescente commence si tôt le parcours éblouissant, meurtrissant, joyeux, éclatant, dangereux, harassant, du désir et du plaisir de l'homme. Elle va découvrir, à peine éclose, que cette liberté conquise est le commencement de la dépendance, une suite d'instants de lumière entrecoupée de compromis, de complaisances et de doutes. Après tout, cette nouvelle race d'enfants considère peut-être le bonheur comme une idée ancienne.

Bien entendu, je ne dirai rien à Simon, inapte, du reste, à détourner les yeux de son nombril meurtri, centre d'un monde en désarroi. Je suis frappée de la disproportion entre la place modeste que tenait Karine Velle dans la vie de Simon et le gouffre que semble avoir creusé son absence. Cette contradiction apparente est bien dans la nature de Simon. La présence réelle de l'ami ou de l'amante ne lui est pas nécessaire et comme il téléphone peu, n'écrit pas, on pourrait le croire indifférent. On se tromperait. Je l'ai vu plongé dans un vrai désarroi par la mort brutale d'un ami qu'il n'avait pas vu depuis des mois et qui, soudain, lui a manqué à chaque minute. Simon et Karine se rencontraient moins souvent que ne l'eût réclamé une passion naissante. La tentation m'est plus d'une fois venue d'avoir le mauvais goût de lui demander pourquoi il perdait une soirée à regarder la télé ou à parcourir un livre, plutôt que de rejoindre sa Belle Étrangère. Comment supportait-elle cette portion congrue ? Le peu que je sais d'elle me laisse sur ma faim. J'avoue plus de curiosité pour la manière dont elle vivait que pour la façon dont elle est morte. A travers les confidences de Simon, je me compose d'elle un portrait impressionniste avec des taches blanches juste là où l'on aimerait du détail. Une certitude pourtant : l'image de grande fille toute simple que pleure Simon est trop parfaite pour être vraie. Je n'ai pas de preuve à l'appui de mes doutes mais cela sent le rôle de composition. Elle n'exigeait pas de temps, pas d'argent, pas de promesses, elle était là, disponible et tendre, amoureuse même, à ce qu'il m'a semblé comprendre, plutôt encombrée par son vedettariat. Et quoi encore ? Ne pas oublier que le même personnage a épousé un passeport, construit une carrière sur ce mariage et divorcé, dans la foulée, avec des contrats et une nationalité dans son bagage.

« Elle était la simplicité même, dit Simon, pas comédienne, même pas coquette, elle s'habillait comme une étudiante... »

Je connais le genre ! Pour un joli jeune derrière et des seins assortis, un jean collant et un tee-shirt vague sont le comble de la sophistication.

Bref, je ferais mieux de dormir au lieu de m'occuper de ce qui me regarde à peine, mais Karine Velle est plus lourde morte que vivante.

17

SIMON NÉDELLEC

Il est tard. Je suis las.

Depuis que les turpitudes de son père s'étalent aux devantures de tous les kiosques, le silence de Marie devient assourdissant. Cherchant à briser ce mur de glace qui s'élève entre nous, j'ai choisi la plus mauvaise solution : la fameuse conversation à cœur ouvert dont on sait, depuis l'aube des temps, qu'elle ne résout rien en période de crise parce qu'un cœur blessé n'est jamais ouvert, il se referme sur sa plaie, condition première de la cicatrisation. La franchise est l'ultime alibi des coupables, le dernier refuge de la bonne conscience.

Elle était devant moi, bloc inentamable de rancune, procureur fragile et féroce, possédée par cette implacable absence d'indulgence de la jeunesse. Elle m'a laissé patauger dans des généralités vaseuses sur le thème : il arrive un temps où des couples qui s'aiment *profondément*... Elle a dit :

« Qu'est-ce que ça veut dire : profondément ? »

J'ai brodé, vaille que vaille, sur l'estime, la tendresse, les liens et ainsi de suite, avant de reprendre ma démonstration sur les couples qui s'aiment *profondément* mais qui, parfois, éprouvent le besoin... Elle a dit :

« Ah ! bon, tu avais un besoin ?

— Non, pas un besoin, je veux dire, on se laisse aller, c'est cela, on se laisse aller à des écarts. »

Elle a dit :

« Des quoi ?

— Des écarts, des aventures sans gravité qui ne changent rien *profondément*, tu dois le comprendre. On ne résiste pas toujours à certaines occasions. »

Elle a dit :

« Ça, je sais !

— Il ne faut pas en faire un monde. C'est humain. Souvent on le regrette. Plus tard, tu comprendras mieux tout cela. »

Elle a dit :

« Je comprends très bien. Tu veux m'expliquer que ta Russe baisait mieux que maman. »

Je n'étais pas dans la situation de relever la grossièreté de la provocation qui débarbouillait le drame de la littérature dont je le maquillais. J'ai dit :

« J'essaie de te parler comme à une adulte. »

Elle a répondu :

« Alors, allons-y. Il y a longtemps que tu as des besoins ? Je veux dire : quand tu m'as faite, c'était déjà une corvée ? »

Elle ne voulait pas pleurer devant moi. Je n'aurais pas voulu la laisser se coucher sur ces larmes rentrées. Le coup de sonnette du motard de l'Élysée en a décidé autrement. Il m'a demandé de signer une décharge pour une épaisse enveloppe. Un mot manuscrit de Georges me donnait la raison de cette précaution :

« Voici deux documents qui doivent rester confidentiels. L'un est désagréable, le dossier de la DST te concernant ; tu me diras ce qui est vrai et ce qui est faux ou du moins "arrangé". Le second est douloureux, il y avait un micro chez Karine Velle. Je regrette de l'avoir ignoré. Je me suis assuré qu'il n'existe pas d'autres copies des enregistrements que cette cassette. Tu pourras la détruire. Je te dois cela. »

Il est tard. Je suis las. Isabelle dîne chez sa mère. Ronan s'est décommandé. Je suis seul dans ma chambre avec ce dossier et cette cassette.

Le rapport est neutre, objectif. J'en ai lu des dizaines de la même encre concernant autrui et je me résous d'autant plus mal à me reconnaître pour sujet de ce froid compte rendu.

Tout y est, sauf, évidemment, notre première rencontre. Les inspecteurs de la DST ne pouvaient pas prévoir ! Moi non plus. Les détails me reviennent, avec précision, de ce dîner chez les Raynal. Béatrice m'avait téléphoné :

« Je sais qu'Isabelle est aux sports d'hiver. Je t'ai invité une ravissante. »

Il y a de la maquerelle chez toute maîtresse de maison.

Karine est arrivée assez tard, seule. Preuve que Béatrice l'avait informée qu'elle m'était affectée pour la soirée. Elle a joué le jeu sans effort apparent.

« Béatrice m'a beaucoup parlé de vous et elle n'est pas la seule. Il paraît que vous êtes un Don Juan. Voyons cela ! »

A table, puis au salon, nous nous sommes isolés

dans un *a parte* sournoisement observé par le reste de la troupe qui en escomptait de futurs sujets de conversation.

Au moment de prendre congé, elle a dit :

« Je suis venue à pied mais je rentrerais volontiers en voiture. »

Je ne me souviens plus de notre dialogue dans le court trajet du boulevard Raspail à la rue de Bourgogne. Dans la première rencontre entre un homme et une femme destinés l'un à l'autre, même les banalités ont valeur de message.

En me quittant, elle a posé ses lèvres sur les miennes, franchement, sans coquetterie. Elle a dit :

« N'en tirez pas de conclusions. Chez nous, les hommes entre eux en font autant... Béatrice est une dinde, vous n'êtes pas un Don Juan. Donc, nous nous reverrons. »

Je voudrais repenser à elle, à nous, sans que mes yeux se noient, mais le passé s'estompe derrière l'horrible avenir que dessine la phrase de Georges : « Je suis obligé d'ordonner qu'on ne tarde plus à pratiquer l'autopsie. »

Peu de mots renferment autant d'images immondes que cette transformation d'une âme en viande, en os, en abats.

Sans doute ont-ils commencé à la décongeler avant le dépeçage. Je ne parviens pas à l'imaginer raidie par le gel. Karine ne donnait jamais l'impression d'être immobile : même quand elle ne bougeait pas, ce n'était qu'un instant suspendu entre deux mouvements. Rien ne semblait utilitaire dans aucun de ses gestes. Beaucoup de femmes sont belles qui, pourtant, marchent, s'assoient, se lèvent, s'habillent prosaïquement. Karine se mouvait sur un tempo poétique qui n'avait rien à voir avec la danse mais plutôt avec l'harmonie. Cela s'appelle la grâce, dont tant de corps sont démunis.

Une curiosité masochiste me tient à l'écoute de la cassette que je vais détruire. L'image est moins indécente que les bruits et les phrases qui laissent le champ libre à l'imagination.

L'enregistrement est hétéroclite. Il consiste surtout en conversations téléphoniques dont aucune ne tire à conséquence mais leur somme est troublante parce qu'elle décrit la part de Karine que je ne connais pas. En refermant derrière moi la porte de la rue de Bourgogne, je ne pensais évidemment pas que Karine entrait en état d'hibernation jusqu'à notre prochaine rencontre mais, au vrai, je mettais moi-même entre parenthèses ce qui ne ressortissait pas de notre vie commune.

Ce contexte, le voici, en miettes, chaque fragment volé renvoyant à un code obscur. On téléphonait beaucoup à Karine. Elle téléphonait beaucoup.

Qui est cette Monique bavarde et chaleureuse ? Une intime sans doute puisqu'elle se plaint d'être délaissée. Parfois, j'apparais en filigrane :

« Toujours ton beau Simon ? Dis donc, c'est le grand amour ? »

J'entends le sourire de Karine :

« C'est le grand plaisir. »

Voici Bernard Velle qui discute d'une suite possible à *La Belle Étrangère*. Karine m'a parlé de ce projet. Les producteurs sont accrochés, le budget sera beaucoup plus important que celui de la première série. Karine ne dit ni oui, ni non. Elle évoque l'éventualité d'un empêchement, non, pas un autre contrat, autre chose qu'elle ne précise pas.

Il l'appelle « ma chérie », non pas comme font les comédiens entre eux. Cela signifie vraiment « ma chérie ». A cette heure, lui aussi doit pleurer. C'est la seconde fois que j'entends Karine refuser des projets à longue échéance sous prétexte d'autres obligations éventuelles, dont elle n'indique pas la nature.

Ah ! C'est moi, cette fois. Je dois téléphoner du bureau car j'ai la voix empesée que j'utilise en pareil cas. Banalités cérémonieuses à la deuxième personne du pluriel qui ne trompe personne, en tout cas pas mon secrétariat ! Karine propose que nous allions voir *Le Général Della-Rovere* dans l'une de ces salles du Quartier latin équipées d'écrans crasseux et de strapontins délabrés. Depuis le début de notre liaison, je suis devenu cinéphile par obligation. Karine s'efforçait de rattraper ses retards culturels ; quant à la production contemporaine, je ne lui étais d'aucun secours puisque j'assistais aux « premières » très officiellement, avec Isabelle. Je me souviens de cette séance, l'un des meilleurs films de Rossellini, l'un des plus beaux rôles de Sica. J'avais déjà vu le film deux fois. J'ai regardé le profil de Karine pendant une heure et demie. Lorsqu'elle a pleuré, à la fin, j'ai embrassé le coin de son œil. Les effusions publiques ne sont pas de mon goût mais je voyais ses larmes pour la première fois.

D'autres communications téléphoniques sans intérêt... Ils ont du temps à perdre, à la DST ! Et soudain, dans ce verbiage frivole, un événement :

une voix étrangère, une voix russe, l'entrée en scène du lieutenant Gagarine. Il dit « Gagarine ». Karine répond par une exclamation joyeuse et les premiers instants de la conversation me semblent consacrés à une kyrielle de questions car les phrases, dont je ne comprends pas le sens, se concluent sur un ton d'interrogation. Il l'appelle Karina Alexaïa. L'échange est plus que cordial, peuplé de rires légers et de silences, rien d'ambigu pourtant, autant que j'en puisse juger, les retrouvailles imprévues de deux amis après une longue absence.

Le rapport d'écoute joint à la cassette indique qu'une enquête sera faite sur la personnalité du nommé Gagarine.

Elle ne m'a jamais parlé de ce témoin de son passé ressurgissant dans sa vie par un « hasard » où nos services voient la preuve d'une machination. Moi-même, je ne trouve pas cela clair. Que Karine répugne à évoquer son existence antérieure, je le conçois puisqu'elle a tiré un trait sur son passé, mais cette rencontre appartient à *notre* présent, elle m'en devait la confidence d'autant plus que le personnage fait partie de l'appareil de l'État soviétique.

J'imagine que ce contact téléphonique a préparé

la rencontre dont j'ai la photo sous les yeux. Au fait, je reconnais ce bar de la rue Daunou que fréquente Karine parce qu'il est voisin d'une salle de répétition. Date du document : 2 Février 1974. Trois jours plus tard, elle me rejoignait à Salzbourg où j'étais associé aux travaux des membres du Club de Rome. Contrairement à mes habitudes, je lui ai parlé de nos débats sur le rapport du M.I.T. *Halte à la croissance*. Le monde s'enfonce dans une crise dont l'opinion n'a pas encore pris conscience. Les hommes refusent d'admettre que le monde bascule, que c'en est fini de la prospérité, de l'insouciance, du gaspillage, que nous autres, nations riches, nous trouvons affrontées à un faisceau de défis que nous ne relèverons pas tous. Karine m'a écouté tracer le tableau d'une société victime de sa richesse. Elle a observé avec un peu d'amertume :

« En somme, je risque de découvrir la pauvreté avant d'avoir profité de l'abondance ! Ton âge d'or et tes années folles, pour moi, c'est de la littérature. Votre crise, je ne m'en sens pas solidaire ! »

Nous avons fait l'amour. Elle ne m'a pas posé d'autres questions. Mais elle ne m'a pas parlé du lieutenant Gagarine, rencontré trois jours plus tôt dans un bar de la rue Daunou.

Cet événement a décuplé le zèle des services de renseignements. Les écoutes téléphoniques sont devenues plus systématiques. En pure perte, si j'en juge par l'insignifiance des documents recueillis. L'un d'eux, pourtant, m'atteint au cœur. Je l'écoute plusieurs fois, pour être certain de ce que j'entends. C'est un coup de téléphone anonyme :

Sonnerie... Allô... Allô, Karine Velle... C'est simplement pour vous dire que vous êtes une salope... une vraie salope, vous comprenez ? Déclic...

La voix est jeune, chargée de haine : la voix de Marie.

Donc, elle n'avait pas été dupe de la comédie de notre rencontre, rue de Bourgogne. Sans doute m'avait-elle déjà vu, des fenêtres de son amie. Je m'explique mieux la brutalité de ses réactions, tout à l'heure, quand j'essayais... Au fait, j'essayais quoi ? De me blanchir ?

Le 15 mars, le Sdece a décidé de placer des micros dans l'appartement de Karine. Je ne cherche plus à me retenir de pleurer. En ce moment même où l'on commence peut-être l'autopsie, voici la vie quotidienne, la vie intime de la femme que j'aime, les bruits, les mots, les conversations anodines, les aphorismes de Louisiane Bouillon sur le temps qu'il fait et les ragots du quartier, des fragments de soirées joyeuses avec des amis, une dînette avec Bernard Velle, pour discuter du scénario, d'autres voix inconnues et rieuses, beaucoup de femmes... Un patchwork sonore infiniment plus réaliste que des images, plus indiscret parce que affreusement vivant.

Ces salauds se sont offert, en prime, une séquence érotique qui a dû faire le tour des services. Je ferme mes yeux mouillés. Je *vois* sur la peau de chèvre, le long du lit, le chemisier de coton et le jean délavé dont Karine se défaisait en quelques gestes, après avoir été longuement caressée, caressante. Je suis couché sur elle, en elle, et on n'entend que le froissement des draps et le murmure très bas de nos deux voix confondues. Puis, s'élève le chant d'amour de Karine. La plupart des femmes scandent leur plaisir avec effort, au rythme des reins qui besognent. Le chant d'amour de Karine est une note continue, une mélodie flexible qui meurt et renaît en sourdine et dont les modulations accompagnent les houles du corps. Je lui disais : « Tu chantes l'amour en grégorien. »

C'était vrai : un peu nonne, un peu louve, jusqu'à l'apogée de la plus haute note qui se brise.

Je me serais épargné une douleur violente en n'écoutant pas jusqu'au bout cette séquence. Après les soupirs apaisés la voix qui remercie et qui adore n'est pas la mienne. C'est la voix du lieutenant Fedor Gagarine.

Moi, j'étais sans doute dans l'avion de Tahiti ou peut-être déjà sur le sable de la plage.

Je me laisse envahir par un soulagement assez ignoble, comme un transfert d'une part de culpabilité. Quelles que soient les conditions de la mort de Karine, je n'en suis plus le seul responsable.

18

ANTOINE LIMOUZIN

Léone est complètement folle. Sous prétexte que son père est au Rotary avec le gérant de l'appartement de la rue de Bourgogne où est morte Karine Velle, la voilà qui phantasme à fond la caisse ! « Papa » s'arrange pour qu'on nous refasse un bail, on se marie, on s'installe, c'est assez grand pour nous, jusqu'au premier enfant, et si c'est un garçon, il s'appellera Victor. Léone est comme ça ! Avant même de se faire enlever son stérilet, elle commence à regarder s'il y a des soldes chez Prénatal. Si on essaie de la ramener sur terre trop vite, elle fait des accidents de décompression.

D'abord, j'ai la conviction que « papa » ne fera pas de zèle pour accélérer notre mariage. Il ne prend aucun plaisir au concubinage notoire de sa fille mais c'est un type de situation que l'évolution de la morale sociale a rendu mondainement supportable. Léone conserve, en théorie, sa chambre virginale sous le toit paternel, pour le reste, on n'y peut plus rien depuis Mai 68.

« Ta fille sort toujours avec ce garçon ?

— Plus ou moins... Entre nous, j'aime autant lui qu'un hippie. Il n'est pas trop mal... »

Pas trop mal pour un petit ami de passage, mais de là au tapis rouge, à Saint-Honoré-d'Eylau, il y a une sérieuse marge. M. le professeur de Hauteclaire préfère retarder le moment où sa fille s'appellera Limouzin et transportera officiellement ses nuisettes dans la chambre d'un petit généraliste promis à un avenir plutôt terne, vu des hauteurs de l'Institut. Je ne lui suis pas tout à fait antipathique. Certes, j'entraîne un peu trop souvent sa fille dans de mauvais lieux, genre manif contre la condamnation de Puig Antich et on déplore que ma signature fleurisse au bas de tracts contre le Conseil de l'Ordre en général et Lortat Jacob en particulier, mais il faut que jeunesse se passe !

Mme de Hauteclaire, en revanche, me fait presque ouvertement la gueule. Quand on ose prétendre à la main d'une jeune fille en fleur, ornement du Faubourg, on a le bon goût de ne pas avoir des parents boulangers. En province, certes, ce qui limite les risques du type « j'achète mes biscottes chez la belle-mère de Léone », mais j'imagine les pensées des Hauteclaire à l'évocation du boulanger et de la boulangère dans le salon ovale de la rue de Solferino ! Côté Limouzin, on n'est pas chaud, non plus, pour tenter l'expérience. Maman m'a interrogé sur les mœurs et coutumes de « ces gens-là » et mon père, qui a vu « le professeur » à la télé, dans l'émission Lalou-Desgraupes-Barrère, est resté perplexe sur leurs chances de fraternisation !

« Et puis, surtout, je me demande de quoi on pourrait parler. »

Pour les hommes, pas de problème, ils parleront de la guerre, la vraie, la leur. Cette génération trouve toujours un terrain d'entente, le champ de bataille, même si l'un des interlocuteurs a fait la guerre comme lieutenant de spahis et l'autre comme caporal au 65ᵉ R.I. Ils finiront par se retrouver dans les ruines d'une ferme, quelque part en Argonne. Mais entre maman et Nadège de Hauteclaire, ce ne sera pas du gâteau !

Du moins le week-end de Léone à Saint-Sulpice

s'est-il déroulé sans grincements. Papa et maman ne s'étaient pas trop mis « sur leur trente-et-un », Léone était presque simple, à l'exception des quelques accessoires par lesquels une caste se dénonce. Ainsi, la robe de coton était passe-partout mais, en regardant de plus près, on voyait que les chaussures et le bracelet-montre ne venaient pas des Trois Suisses. De même pour la conversation, gentiment spontanée hors des menus écarts de langage, du genre « vous connaissez les Bahamas ? ».

Léone bénéficiait d'un préjugé favorable du simple fait d'être amoureuse de moi. Pour maman, toute fille ayant un autre comportement en face de son garçon, est un cas psychiatrique.

Le déjeuner n'était pas la situation rêvée pour dissiper la gêne des premiers contacts. Immobiliser, face à face, des gens qui ne se connaissent pas est d'autant plus imprudent que la confrontation traîne en longueur. Or, chez nous, les repas sont pléthoriques lorsqu'il s'agit de célébrer quelque chose ou quelqu'un. J'aurais dû prévenir Léone. Séduite par les fruits d'une mer qu'on aperçoit des fenêtres du premier étage, elle a fait une hécatombe d'huîtres, de langoustines et de crevettes, avant de s'attaquer au brochet-beurreblanc que maman, il est vrai, tourne comme personne. L'ingénue ignorait qu'il s'agissait là des zakouski du banquet. La langue de bœuf (sauce cardinal) l'a prise au dépourvu et sa perplexité s'est petit à petit changée en angoisse, lorsque le vol-au-vent, puis le rôti et son gratin lui ont été présentés d'une main impérieuse par la vieille Mariette qui officie chez nous à chaque grande occasion. Papa encourageait son invitée en l'informant de l'origine des produits proposés à sa gourmandise. Ainsi ne pouvait-elle manquer de reprendre du rôti, car il s'agissait d'un bœuf de chez Hermelin dont les pâturages, en bord de Loire — « ... Antoine, tu connais bien les prés d'Hermelin... » — engraissaient les meilleures bêtes du département. Et ma pauvre chérie, qui n'avait jamais clairement associé le tournedos et l'animal sur lequel il est prélevé, reprenait, héroïque, un bout de bœuf de chez Hermelin. Je l'ai aidée à faire l'impasse sur les fromages mais je l'ai vu pâlir à l'entrée du saint-honoré monumental, apothéose rituelle de nos grandes bouffes.

« Et vous pouvez y aller, a dit mon père, c'est moi qui ai fait la pâte à chou et c'est la crème de chez Poilièvre, la seule pour monter une vraie chantilly. »

Adorable Léone, le cœur au bord des lèvres, qui a dégluti tant bien que mal l'affolante portion imposée par une Mariette ravie d'être la première commère du bourg à découvrir « la poule à Antoine Limouzin » !

Au terme de ce long martyre, papa a proposé une visite du fournil. J'ai lâchement éludé l'hypothèse d'une bonne sieste, seule solution qui eût permis à Léone de mettre un peu d'ordre dans un bol alimentaire aggravé par l'émulsion des muscadet, saint-émilion, hermitage et vieil anjou (de chez Belay !) de rigueur. Mais, aussi loin que remontent mes souvenirs d'enfance, je n'ai entendu prononcer ici le mot de sieste. Et j'ai beau avoir trente ans, une sotte pudeur m'a retenu d'entraîner *en plein jour* ma « fiancée » dans un lit familial. J'ai été élevé dans un climat où l'intimité amoureuse la plus courante ne s'affiche pas. Dans ce domaine, j'ignore comment ont vécu mes parents et la présence de Léone — première de mes maîtresses à franchir ce seuil — m'a fait mesurer, par référence, combien cette ignorance était profonde. Je n'ai jamais entendu dire « chéri » à la maison. Je jurerais que mon père et ma mère ont été, sont heureux ensemble mais leur vie conjugale m'est aussi étrangère que les coutumes sexuelles des Zoulous. Maman a dû faire un gros effort pour me dire, *a parte* : « Je pense bien que vous dormez dans la même chambre... J'ai préparé celle du premier étage. » Oui, nous dormirons ensemble, mais je suis certain que la sieste eût été ressentie comme une provocation.

Léone a passé l'épreuve de la visite du fournil avec mention « très bien ». Un peu pâlotte — il fait chaud autour des pétrins ! — mais sincèrement intéressée par l'enthousiasme de papa pour un métier qu'il adore. Mon père est bon comme du bon pain et, sur le chapitre du bon pain, il est intarissable.

La suite de l'après-midi a vu disparaître toute trace de tension. Dans la soirée, Léone et maman ont abordé le sujet qui pouvait le mieux les réunir : moi. L'avidité de l'une à interroger ajoutée à la complaisance de l'autre à répondre ont débouché sur ces conversations dont le personnage central sort beaucoup plus que nu, épluché jusqu'à l'os. Maman a ouvert les tiroirs des photos de famille. Chaque instantané a fourni l'occasion de nouvelles autopsies opérées avec la candide indécence des femmes amoureuses, ce qu'elles sont l'une et l'autre. Je les ai laissées se vautrer dans mes culottes courtes, mes succès scolaires, mes maladies, mes facéties de jeune homme, cet inventaire banal qui resplendit si bien sous un éclairage sentimental. J'ai abordé, avec papa, la chronique des dernières nouvelles de Saint-Sulpice, quand une phrase m'a fait tendre l'oreille. Maman disait :

« ... oui, c'est une belle pendule ancienne. Antoine en a hérité de son grand-père. Elle est à lui personnellement. »

Léone disait :

« Quand nous aurons un appartement... »

C'était la première fois que Léone faisait ouvertement allusion à la radicalisation de notre statut.

Aujourd'hui nous en sommes au projet d'installation immédiate de nos pénates dans les murs d'une starlette morte. Léone s'étonne de ma tiédeur à sauter sur l'occasion.

D'abord, je suppose que le loyer d'un appartement dans ce quartier est incompatible avec le salaire d'un interne. Quand mes parents m'ont poussé à faire ma médecine — « n'importe quoi mais pas boulanger de campagne », disait ma mère —, c'était dans l'espoir avoué d'une promotion sociale et matérielle. Le raisonnement valait pour leur génération. L'avenir de la profession médicale est moins riant qu'hier. Ça commence à bouchonner dur aux différentes écluses ! La « réussite », même modeste, n'est plus automatique et le pronostic n'incite pas à l'optimisme. Quelque chose bascule dans l'ordre du monde.

« Tu sais, dit Léone, je suis une fille à papa. J'ai une dot, comme dans le bon vieux temps. »

Bon, d'accord ! Mettons de côté les problèmes de fric. Reste que je me vois mal exercer la médecine dans le 7e arrondissement, à la façon du professeur de Hauteclaire. J'ai choisi cette voie sans idées préconçues, mais au fil des années laborieuses où le futur métier devient plus concret, je me suis fait de lui une certaine idée. J'avais vingt-quatre ans en mai 68, un peu vieux pour se contenter des plaisirs du désordre, mais pas assez calcifié pour ne pas remettre en question — comme on disait avec délectation — les problèmes de sa place et de son rôle, ici et maintenant.

Sans vouloir jouer *Il est minuit, docteur Schweitzer*, je trimballe des nostalgies d'apostolat. Plusieurs copains sont embarqués dans des filières du genre Médecins sans Frontières ou Frères des Hommes, par exemple. Je comprends ce qu'ils vont chercher, aux quatre coins du monde : le moyen de faire coïncider leur métier et leurs idées. Lire le *Nouvel Obs'* ne leur suffit plus et la vie politique française a cessé de les amuser. Il est plus enrichissant pour soi-même d'apporter des antibiotiques dans un village de Haute-Volta que de débattre, en salle de garde, des mérites comparés du troisième gouvernement Messmer et du second gouvernement Messmer, par rapport au premier gouvernement Messmer. Cette planète du tiers monde qui monte à l'horizon européen sera sans doute la grande aventure de ma génération mais je voudrais d'abord être certain de ne pas confondre le vrai désir d'aller quelque part avec la simple envie de foutre le camp.

Et puis, il y a le problème Léone, 54 kilos de problème si tendre, si chaud qu'il me retient au port parce qu'on ne peut pas s'embarquer avec tant d'excédent de bagage. Elle est le contraire d'un poids mort, pourtant, mais sa nature profonde ne l'incline pas au nomadisme ; essentiellement parce qu'elle appartient à cette race de femmes qui ressentent le besoin organique de l'enfant. A vingt ans, le ventre vide, Léone commence à se sentir infirme. Les lectures ou les spectacles érotiques l'émeuvent médiocrement, à contre-corps, pourrait-on dire, mais toute évocation se rapportant à la grossesse la met en état de succulence. Lorsqu'elle jettera son stérilet par-dessus les moulins, je parie qu'elle sera une amoureuse insatiable. Cette éventualité d'appartement libre donne un coup d'accélérateur à ses rêves et fortifie son appétit de maternité.

En quittant la vie, Karine Velle entre dans la mienne. Je risque de me retrouver marié pour cause de suicide. C'est d'autant plus cocasse que mon patron m'a demandé de l'assister demain pour l'autopsie de la susdite. « En haut lieu » on réclame un rapport très complet et inattaquable.

19

RONAN NÉDELLEC

Décidément, toutes les coïncidences sont inévitables ! A déjeuner chez Lipp, le hasard, peut-être aidé par la malice de Roger Cazes, m'a fait le voisin de Bernard Velle. Il était seul, moi aussi. Je l'aime bien. La connerie d'un rond-de-cuir de la télé nous a empêchés de mener à terme le projet d'un magazine commun, mais nous nous croisons toujours avec plaisir.

Après de louables efforts pour bavarder « d'autre chose », le spectre de Karine est venu s'asseoir à notre table. Velle a besoin de parler d'elle et le fait avec simplicité. Je l'ai écouté avec l'intérêt attristé d'un parent par alliance convié au bord de la tombe. Il trouve absurde la campagne de rumeurs contre mon père ; selon lui, l'hypothèse d'une machination des services secrets soviétiques ne tient pas debout. Je partage son avis mais ses raisons me laissent perplexe. Il est convaincu de tout connaître de celle qui a été sa femme et rien de ce qu'il sait ne justifie le roman que mon journal développe contre toute vraisemblance.

De courtoise, mon écoute est devenue beaucoup plus attentive à mesure que le monologue de Bernard Velle réveillait mes réflexes professionnels et fortifiait ce qui, de vague impression, devenait certitude : Karina Alexaïa était une sacrée menteuse.

Un père attentif et tendre, une jeunesse lumineuse, l'Académie de danse puis la disgrâce familiale, le régisseur lubrique, les menaces sur la carrière, tout cela est cohérent dans la version Velle. Mais depuis quelques jours, Simon m'a beaucoup parlé, lui aussi, de la chère disparue et c'est une autre histoire. Plus d'enfance heureuse, plus de papa-gâteau, plus de régisseur lubrique... Dans la version Nédellec, le héros de Normandie-Niémen, passé le coup de foudre pour sa Russe et pour la Russie, a chaviré dans une mélancolie alcoolique dont Karine et sa mère n'ont pas tardé à faire les frais : des scènes, des cris, des coups, l'enfer à la Zola... La situation matérielle du foyer se dégrade à proportion de la déchéance paternelle. Le ballet Moïsseiev ménage des entractes heureux, mais après chaque tournée, il faut réintégrer la bauge familiale, faute d'autre logement. Reste la solution de lits de hasard, expédients provisoires et derniers recours certains soirs de drame. La tournée française touchant à son terme, Karine n'a pu supporter la perspective de retrouver tout cela. D'où le coup de tête qui a précipité notre transfuge dans les bras de Bernard Velle. Tel est le schéma Nédellec.

L'originalité de cette double version tient à ce que ses deux destinataires n'ont pas pu la déduire des ragots de tierces personnes. Les deux récits contradictoires ont été construits et communiqués par Karine elle-même.

Pourquoi cette mascarade ? C'est la question banco. Je ne crois pas à une mythomanie pure et simple, car les situations seraient plus décousues au lieu de présenter des points communs qui les font se ressembler au-delà de leurs différences. Identique dans les deux cas, le schéma est simplissime : une jeunesse saccagée par la faute d'un méchant, mais la courageuse héroïne triomphe des épreuves et rencontre enfin le bonheur. Mélodramatique mais cohérent ! Il reste à comprendre le pourquoi du changement de distribution dans le rôle du méchant.

Autre bizarrerie : l'absence de la mère, trait commun aux deux versions. Elle ne pouvait pas être insignifiante cette femme capable d'inspirer une passion assez vive pour qu'un homme tire un trait sur sa famille, sa patrie, son passé. Il semble pourtant que Karine n'en ait parlé ni à Velle ni à Simon, et pourtant elle n'a pas inventé toute l'histoire, le couple vit toujours, notre correspondant à Moscou a réuni quelques tuyaux confirmant l'existence d'un ancien pilote de Normandie-Niémen, Claude Hamelin, marié à une Russe et vivant sur les bords de la mer Noire depuis l'âge de sa retraite. On ignore son adresse exacte et moins que jamais, les Russes ne laisseront des journalistes fouiner dans le secteur. Guère plus de détails à glaner du côté de la branche française, les bombardements de Brest en ont effacé la plus grande partie, ceux qui restent n'ont pas reçu de nouvelles du transfuge depuis la Libération. La seule source d'informations sur Karine était Karine elle-même, la brouilleuse de pistes.

Bernard Velle m'a laissé entendre qu'il se posait des questions. Je me suis gardé de lui raconter la

« version Nédellec » de sa danseuse, mais je serais tenté d'aller plus loin que lui dans l'hypothèse de l'affabulation réfléchie. Karine n'inventait pas pour le plaisir. Elle mentait utile. Sa mère n'apparaît dans aucun de ses scénarios, simplement parce qu'elle n'avait pas besoin d'un personnage de femme. Elle ne cherchait pas des femmes mais des hommes ; à chacun d'eux, elle a présenté un homme-repoussoir, sa caricature potentielle, pour lui baliser les ornières où ne pas verser. Le régisseur lubrique était hautement dissuasif pour Bernard Velle et j'imagine très bien Simon, père-amant, laissant son autoritarisme au vestiaire par crainte de raviver le souvenir du père-tyran qu'on avait fui. En somme, Karine ne décrétait rien mais, par glissements successifs, elle conduisait ses hommes à détester par personnages interposés ce qui, chez eux-mêmes, risquait de lui déplaire. Sans passé, elle pouvait imposer au reste du monde des images de son choix.

Cette vie en miettes, il serait tentant d'en reconstituer le puzzle, encore faudrait-il savoir par quelle pièce commencer. Rien n'a le même sens si Karine s'est tuée ou si elle a été tuée, je veux dire que les mêmes événements de sa vie peuvent avoir des significations contraires. L'autopsie décidera de la nature de la première pièce du puzzle.

Et si, après tout, la réalité d'une manipulation soviétique était avérée ? Cela ferait l'économie de divagations psychologiques assez vaseuses. Au fait, qui a présenté Karine à Simon ? Béatrice, si j'ai bonne mémoire. La seule pensée de Béatrice dans la peau d'une taupe du NKVD est désopilante.

Cette liaison a duré plus de deux ans sans faire de vagues. Les rubriques mondaines signalaient un peu trop souvent, à l'occasion d'une générale ou d'un vernissage, que le conseiller du Président était accompagné de la ravissante (ou exquise, ou délicieuse ou irrésistible) Karine Velle, mais les Français ne détestent pas les hommes politiques cavaleurs, à condition que leur image familiale reste crédible et, de ce point de vue, maman faisait le nécessaire. Elle continue de le faire. J'admire le sang-froid qu'elle oppose à une situation déplaisante. L'autre jour, l'entrée de notre quatuor dans ce restaurant des Invalides où pâture la nomenclature politique les dimanches sans bonnes, a fait baisser le ton des conversations à un niveau voisin du murmure. Un instant j'ai cru que ce *shunt* était provoqué par le spectacle de Marie affublée de hardes de cuir exiguës, coiffée à l'afro-rasta et fumant une cigarette indienne pestilentielle. Depuis « les événements » elle se marginalise au galop, et accueille chaque observation par un *shit* exténué. Mais les déjeuneurs n'avaient d'yeux que pour Simon et Isabelle. Des sourires d'accueil mécaniques ont découvert d'admirables prothèses — l'homme politique de haut vol est la providence du dentiste — et tout ce joli monde a replongé le nez dans les assiettes comme si le découpage du foie gras requérait la mise en œuvre d'une technique de pointe.

Pendant tout le dîner Isabelle n'a pas cessé d'être drôle, vive, réduisant à la défensive les tables voisines, parvenant même à faire sourire Simon en ironisant sur la lubie de Marie qui a demandé du ketchup, pour en napper son poulet aux morilles. Laquelle Marie, furieuse de notre hilarité, a éteint sa cigarette dans un demi-verre de brane-cantenac en proclamant : « Ce vin rouge est dégueu. »

Au vrai, quels sont les sentiments de Simon et d'Isabelle l'un pour l'autre ? Je renâcle à m'aventurer sur le terrain où m'entraînerait cette question, un peu par pudeur, mais aussi par commodité, tout simplement par égoïsme. Tant que ça marche à peu près... En général, les enfants répugnent à imaginer l'intimité des parents et ils cultivent cette répugnance qui les autorise à ne pas regarder plus loin que leurs propres problèmes, l'œil fixé sur le nombril qui, pour chacun, est le nombril du monde.

Il faut dire que nous ne baignons pas dans le tragique. Simon a toujours contenu l'expression de ses sentiments dans le périmètre restreint des convenances que son éducation lui a enseignées. Il ne promène pas ses états d'âme en ville et je crois que pour lui le malheur n'est pas très honorable ; mais j'aurais attendu plus d'abandon en famille. Souffre-t-il ? Il s'est borné à me dire qu'il ne comprenait rien à « tout cela » qui l'affectait « profondément ». Pas le genre de cri qui vient des entrailles ! Dans l'ensemble, je ne trouve pas nos sentiments très reluisants. Nous nageons dans le tiède, le bien tempéré, à l'exception de Marie qui, elle au moins, se révolte d'une façon conventionnelle mais dérangeante.

Je ne l'aide guère, ma petite sœur, faute de savoir comment m'y prendre. Son aventure avec Jean-Luc est complètement idiote, mais, comme elle dit, il n'y a pas de quoi en faire un koulibiak. Voire ! Elle m'inquiète un peu avec sa façon de rouler les mécaniques mais, après tout, Jean-Luc n'est pas un pervers sexuel. A ce qu'il raconte, Marie avait envie de se faire sauter — « de devenir une femme », dit ce grand benêt —, il ignorait qu'elle fût vierge et il n'a pas résisté à la tentation.

« Tu sais ce que c'est... m'a-t-il dit au cours de la rencontre qu'il avait suscitée, pour parler d'homme à homme !

— Sans savoir vraiment, je peux imaginer.

— Non, mais, je veux dire...

— Oui, oui...

— Je regrette. Crois-moi, je regrette infiniment.

— Je te crois.

— Qu'est-ce que je peux faire ? Naturellement, je suis prêt à l'épouser... »

Brave con ! Je lui ai exposé que les demandes en mariage c'était plutôt le rayon des parents, mais au seul énoncé de cette perspective, je l'ai vu pâlir sous son hâle du Racing. J'ai ajouté :

« Tu aurais peut-être intérêt à prendre l'avis de la principale intéressée.

— Évidemment, mais je suis certain qu'elle va me rire au nez. »

En somme, Jean-Luc veut essentiellement faire savoir à qui de droit qu'il est prêt à « réparer ». Tout cela a un arrière-goût de vase. Il perd son temps en redoutant que sa frasque lui attire des foudres préjudiciables à son avenir. Pompidou disparu, et c'est une question de jours, Simon cessera d'être dangereux pour la carrière des grands commis en herbe, puisqu'il quittera l'Élysée, selon la coutume des nouvelles équipes qui balayent toujours jusque dans les coins.

Que fera Simon ? Je le vois mal réintégrer son corps d'origine et les délices contentieuses du Conseil d'État. Il ira plutôt pantoufler dans le privé à un haut niveau. A moins que « l'Affaire » ne rebondisse. Pour le moment, la presse s'essouffle faute d'éléments nouveaux. Tout le monde attend les résultats de l'autopsie pour cibler le tir. Dieu garde le pauvre pécheur !

20

YVONNE PIVETEAU

C'est un grand malheur ; surtout pour cette pauvre petite, puisqu'elle est morte, mais pour moi aussi, parce que je sens bien que ma vie ne sera plus une existence. On ne devrait pas devenir trop vieille, ça n'est bon pour personne. Mais ce n'est pas de la faute des vieux, ils n'ont rien fait pour. Ils ne demanderaient pas mieux que tout s'arrête et même qu'on les oublie dans leur coin, mais voilà, ils continuent à vieillir et rien ne s'arrête et tout ne fait que de changer et leur coin devient beaucoup trop bien pour eux. Vous restez assise dans votre fauteuil, mais même si vous ne bougez pas, tout bouge et vous n'êtes plus à votre place.

La concierge a parlé aux enfants. Le propriétaire du studio de la pauvre petite voudrait l'agrandir en abattant une cloison et en mettant un escalier qui arriverait dans ma salle à manger. Pour cela, il propose des mille et des cents.

« Vous ne vous rendez pas compte, mère, dit Josette, un capital comme ça immobilisé ! C'est comme si vous payiez un loyer énorme. Ne me dites pas que vous avez besoin d'un quatre pièces à votre âge... La salle de bains par exemple, vous dites vous-même que vous ne prenez plus de bains parce que vous ne pouvez plus sortir toute seule de la baignoire.

— Mais surtout, dit Louis, c'est parce que je me fais du souci de te savoir sans personne, surtout la nuit...

— Sans compter, dit Josette, que l'air de la campagne est préférable pour les gens âgés.

— Tu penses bien, maman, dit Louis, que nous ne te laisserons manquer de rien. »

Ça me fatigue de leur expliquer une fois de plus qu'ils ne peuvent pas comprendre. C'est vrai que je ne prends plus de bains, mais je fais ma toilette là depuis si longtemps que toutes les choses ont des places que je connais par cœur, je n'ai jamais besoin de faire un geste de trop. C'est comme pour tout le reste, le fauteuil, le fourneau, le lit, la commode, le guéridon, même si j'étais aveugle, je pourrais me déplacer sans hésitation et comme je ne suis pas aveugle c'est encore mieux parce que chaque chose me fait plaisir à regarder, même les objets très ordinaires qui vivaient déjà avec mes parents. Les enfants ne se rendent pas compte comme c'est important d'être bien entouré. L'autre jour, j'ai demandé à Louis de faire réparer ma cafetière. Un éclat d'émail a sauté il y a longtemps et ça a fini par faire un trou. Louis a ri...

« Ma pauvre maman, tu rêves ! Personne ne répare plus les vieilles cafetières, ça coûterait plus cher que du neuf. »

C'est bien possible mais à partir d'un certain âge, du neuf ne remplacera jamais du vieux. La nouvelle cafetière que m'a offerte Louis ne me fait penser à rien. Tout ce qu'on peut dire c'est qu'elle fait du café ! Et encore, il a un drôle de goût. L'autre, je la revoyais toujours du temps de maman, dans la maison de Saint-Philibert, posée d'un bout de l'année à l'autre sur le coin du fourneau, avec sa décoration de hérons dans la rivière...

Comment appelait-on ceux qui réparaient les cafetières, les casseroles, les manches de couteaux, les assiettes... J'ai oublié. Et comme tout le monde a oublié leur nom, ils sont partis, ils ont disparu.

Je n'aurais pas dû accepter d'aller visiter leur fameux *home*.

« De toute façon, c'est une jolie promenade, mère, et ça n'engage à rien. »

Ça oui, c'est une jolie promenade. Il y a longtemps que je n'étais pas sortie de Paris. Il y a déjà des chatons sur les noisetiers et des coucous sur les bords des fossés. En rentrant de classe on faisait des boules de coucous avec une ficelle et on les lançait en chantant : « périgolette... périgolette, saute en l'air... » Les champs sont devenus très grands mais on dirait qu'il y a moins d'arbres. C'était une jolie promenade sauf qu'à l'arrière de la voiture, il n'y a pas beaucoup de place pour les jambes.

« Il va falloir la changer un de ces jours, dit Louis, avant qu'elle ne nous laisse tomber. Ce qu'il nous faudrait, c'est la nouvelle 104.

— Ce qu'il nous faudrait d'abord, dit Josette, c'est les 14 000 francs pour l'acheter ! »

Elle me regarde toujours quand elle dit ces choses-là, et je me sens gênée. Ce n'est pourtant pas avec la retraite de mon pauvre Charles que je peux leur acheter une voiture neuve. Mais c'est toujours cette histoire d'appartement...

Leur fameux *home* est plutôt moins bien que sur les photos de la documentation, mais on ne peut pas dire qu'il soit mal. La Directrice est gentille mais énergique. Elle nous a fait visiter l'établissement (elle préfère qu'on dise la propriété), qui est très propre. Deux salons pour les pensionnaires (elle préfère qu'on dise les « hôtes »), l'un pour regarder la Télé, l'autre pour les jeux de société ; il y avait d'ailleurs des hôtes qui jouaient à un jeu de cartes. L'été on met des fauteuils d'extérieur dans le parc « arboré ». Il n'est pas tellement « arboré » parce que les plantations sont récentes, mais soi-disant que dans quelques années on ne le reconnaîtra plus. La salle à manger est très claire et très propre et joliment décorée avec quatre tableaux qui représentent les quatre saisons, un sur chaque mur. Ce qui ne va pas du tout, ce sont les tables : uniquement des tables pour six personnes. C'est-à-dire que si vous êtes seule, vous devez manger avec cinq hôtes qui ne sont pas forcément sympathiques tous les cinq. La Directrice a expliqué que, d'après des études américaines, les personnes d'un certain âge ne doivent pas se replier sur elles-mêmes, mais apprendre la convivialité. D'un autre côté, pour les cuisines, il est plus rationnel de faire un plat pour six que trois plats pour deux, par exemple et ainsi de suite. Elle a proposé de nous faire visiter un studio qui était libre parce qu'un hôte, hélas... ! Ce n'est pas le mieux situé, il ne donne pas sur le jardin (elle préfère qu'on dise le « parc »), mais il y en a au moins deux autres, avec une vue magnifique, qui ne devraient pas tarder à se libérer, hélas... !

Josette m'a fait remarquer que le combiné douche-baignoire sabot avait été scientifiquement étudié pour des personnes comme moi et que tout dans la propriété était de plain-pied, sans compter que je ne pouvais pas continuer à faire toute seule les provisions et la cuisine.

« Ce n'est pas raisonnable, a dit Louis, moi je m'inquiète. »

Ils sont confortables leurs studios, il n'y a rien à dire et ce n'est pas la peine d'en visiter plusieurs, ils sont tous pareils, leur ameublement est standardisé pour « une gestion optimale ». C'est pourquoi les hôtes ont le droit d'apporter quelques objets personnels auxquels ils tiennent, mais pas de meubles, ni de linge de maison, parce qu'on ne peut pas faire passer n'importe quel drap ou n'importe quelle serviette dans la machine à repasser. Jamais je n'accepterai de laisser mes meubles. Je veux bien aller n'importe où puisque maintenant je ne connais plus personne nulle part, mais je veux garder mes affaires. Josette n'en voudrait même pas chez elle et pas seulement à cause du manque de place. Je ne veux pas qu'on les vende, autant m'enterrer tout de suite. Je pense que Louis me comprendra ; quand il vient rue de Bourgogne, il aime bien reconnaître une chose ou une autre du temps de sa jeunesse.

En ressortant, nous avons croisé des hôtes avec leurs enfants qui étaient venus leur faire une visite. Certains nous ont dit bonjour et aussi comme ils étaient heureux de trouver leurs parents en si bonne santé et les parents disaient oui, oui... C'était bien triste.

Quand nous avons repris la voiture, il y en avait une autre garée à côté. Josette a dit :

« Voilà la nouvelle 104. »

J'ai dû m'endormir devant la Télévision. Souvent les programmes ne m'intéressent qu'à moitié. Pourtant ce soir c'était *Arsène Lupin* que j'aime bien, mais l'après-midi m'a fatiguée et même plus ! Nous avons fait un détour pour reprendre le petit Paul à la sortie de l'école. En arrivant rue de Bourgogne, il a dit une phrase qu'il n'a pas inventée tout seul : « Mamie, c'est vrai que tu ne veux pas qu'on achète une villa au bord de la mer ? »

Je suis remontée chez moi bien vite pour ne pas pleurer devant tout le monde et j'ai regardé la Télé. C'est là où j'ai dû m'endormir. Ce qui m'a réveillée, c'est le changement du programme, ou plutôt il n'y avait plus de programme, mais l'affiche de la chaîne avec un morceau de grande musique. J'ai pensé que c'était encore un incident technique mais non c'était pour annoncer que le président de la République était mort à son domicile des suites d'une longue maladie.

Mourir chez soi, c'est moins triste qu'à l'hôpital.

Je commençais à m'habituer à lui. Je l'aimais bien. Il était moins hautain que le général de Gaulle.

Il va falloir regarder une nouvelle tête.

21

FEDOR GAGARINE

J'ai eu moins de douze heures pour quitter la France après la mort de Karine. Nous nous réjouissions de vivre ensemble cet avril à Paris dont on parle tant. Ce sera pour une autre fois, mais jamais plus avec Karine. Ou peut-être jamais plus Paris tout simplement. Il y a seulement six mois je n'aurais pas même osé rêver à ce poste à mon âge, dans mon grade et sans activités dans le Parti. Le colonel qui m'a remis mon ordre de mission ne m'a pas caché que cette péripétie ne devait rien à mes mérites. La soixantaine, costaud dans le genre épais, l'œil estompé par des brumes de vodka, il a mis les choses au point avec la sereine brutalité des officiers de l'école stalinienne :

« Nous savons très bien que tu es un petit

branleur sans conscience politique, ni compétences particulières, mais c'est en tant que petit branleur, que tu vas partir pour Paris. Ton dossier indique que, voilà quelques années, tu as culbuté une danseuse Moïsseiev avec laquelle tu as entretenu des rapports suivis. Cette petite salope est passée à l'Ouest et vit actuellement à Paris. Dans le bon vieux temps cela t'aurait valu une balle dans la nuque pour manque de clairvoyance... »

Au retour du ballet à Moscou, j'avais appris le passage de Karine à la dissidence. J'avais été longuement interrogé. On avait admis, à contrecœur, que je ne fusse pas dans la confidence. Je ne l'étais pas. J'ai ressenti la défection de Karine comme une trahison personnelle. Ce n'était peut-être pas le grand amour romantique, mais entre nous deux des sentiments commençaient à se fortifier. Je ne prenais pas à la légère mon statut de premier et unique amant d'une fille jeune et ardente ; d'autant moins que si je lui avais enseigné le sexe, elle n'avait pas tardé, en retour, à m'apprendre le plaisir. Cela existe, le don amoureux. Je n'ai pas connu une autre femme aussi bien prédisposée à la joie des corps. Passé le stade des gaucheries et des crispations élémentaires, Karine s'est déployée comme ces bébés goélands qu'on voit trébucher maladroitement dans la rocaille de leur falaise natale, puis se risquer au bord, oser le grand bond et découvrir d'instinct les magies du vol, du vent, de l'espace.

« ... A l'ambassade de Paris, tu seras affecté à un travail de bureau sans importance, mais nous attendons que tu reprennes contact avec Karina Alexaïa et que tout recommence comme ici, à Moscou. Autrement dit, tu es de corvée de cul. Il y a pire ! »

Je ne suis plus assez jeune pour croire au miracle. Qu'allait-on me demander en contrepartie ? A l'exception d'une complicité dans un rapatriement clandestin, j'aurais sans doute accepté beaucoup de choses.

« N'imagine pas que tu vas jouer les espions. Nous avons des professionnels pour cela. Tu la reverras, tu coucheras avec elle, vous vous montrerez ensemble un peu, pas trop. Donnez l'impression de vous cacher maladroitement. Tu sauras être maladroit, j'en suis convaincu. Les services français auront la puce à l'oreille, c'est le but recherché. Point final, lieutenant. »

Elle n'avait pas changé. Elle avait à peine changé. Elle avait beaucoup changé. Même taille, mêmes traits, même poids, mieux coiffée, mais surtout une autre manière de poser ses pieds sur le sol, son regard sur le monde. C'était un soir, il avait plu. Elle est entrée dans ce restaurant où nous avions rendez-vous, ses yeux ont fait le tour de la salle, ils ont dépassé ma table imperceptiblement, avant de revenir sur moi. Elle s'est avancée, elle s'est assise, elle a souri.

Je ne conserve qu'un souvenir brumeux du dîner, celui d'un échange de questions et de réponses prudentes : oui, j'allais bien, oui, j'étais content de ma mutation à Paris, oui, les amis du ballet avaient été consternés, non, il n'y avait pas eu de sanctions, non, je n'avais pas de nouvelles de ses parents, mais eux non plus, à ce que je savais, ne risquaient rien, oui, je reprendrai du beurre blanc, non, ne parlons pas de politique, oui, c'était une chance folle, d'avoir tourné ce feuilleton, non, je n'étais pas marié, oui, elle était divorcée, non, elle ne vivait avec personne, enfin pas ce qui s'appelle vivre avec quelqu'un, oui, elle aimerait un verre de champagne...

Ce mot de champagne a dissipé une part de ma mauvaise conscience. Informé de la personnalité de son amant en titre, j'étais tenté de mettre Karine en garde, fût-ce à mots couverts... Mais ce mot de champagne m'a rappelé nos adieux, à

Moscou, au départ du Moïsseiev : « ... Ce ne sera pas très long, je te rapporterai du champagne de Paris pour fêter nos retrouvailles. »

Pourquoi lui manifester plus de solidarité qu'elle n'en avait montré à mon égard ? Sa désertion aurait pu me coûter des années de disgrâce dans une garnison sibérienne. Après tout, elle ne risquait rien dans les manigances dont j'étais l'agent. Aucune raison objective ne me poussait à lui faire confiance et les éventuels problèmes du conseiller Nédellec étaient le cadet de mes soucis.

A notre sortie du restaurant la pluie avait cessé. Nous avons marché en silence sur des trottoirs encore luisants. Nous ne nous touchions pas mais nos démarches étaient aussi synchrones que si des liens serrés nous avaient accouplés. Les ralentissements, les traversées de rue, les changements de direction, nous les accomplissions dans la même fraction de seconde. Ainsi font les grands vols d'étourneaux, au début de l'automne : comme sur un signal, des centaines d'oiseaux changent de cap au même instant. Ils ne se suivent pas les uns les autres, ils évoluent individuellement dans le même sens.

Je ne suivais pas Karine, je l'accompagnais sur un chemin dont j'ignorais les détours, mais dont je connaissais le terme.

Puis, nous avons été debout, face à face, au bord de son lit. Alors seulement, elle a tendu les bras et posé les mains sur moi.

Quel que soit l'avenir que le destin me trace, j'aurai vécu cela : des mois de rencontres rieuses, exténuantes, pleines d'inventions joyeuses, car elle n'avait pas changé depuis nos fougueuses nuits moscovites, sinon par un regain de lascivité ; par exemple, ce fétichisme des dessous érotiques dont certains devaient équivaloir à un mois du salaire d'un kolkhozien moyen.

On me transmettait, venant de Moscou, de gras compliments sur le zèle avec lequel j'accomplissais ma mission. Je n'ai jamais aimé la garçonnière mise à ma disposition par nos services, avec le téléphone piégé d'usage et sans doute d'autres gadgets électroniques que j'ignorais, mais je comprends les réticences de Karine à me recevoir trop régulièrement chez elle.

« ... Pourtant je suis ici chez moi. C'est cela d'abord que j'ai recherché dans le succès : échapper à la nécessité de me faire entretenir. Simon ne me donne pas d'argent. Il est amoureux de moi, j'ai de l'affection pour lui et besoin d'un point d'appui dans ce pays, qui n'est pas encore vraiment le mien. Je ne le trahis pas avec toi, car je ne lui dois rien de plus que ce que je lui donne. »

Je ne m'explique pas la mort de Karine. L'ambassade m'a expédié en catastrophe à Budapest parce que j'étais la dernière personne à l'avoir vue vivante et que la police aurait demandé mon témoignage. Qu'aurais-je pu dire ? Depuis que je suis plus ou moins consigné à Kiskunhalas dans le camp militaire des forces soviétiques du Pacte de Varsovie, j'ai le temps de réfléchir à cette dernière nuit. Karine m'avait invité rue de Bourgogne parce que Nédellec était à Tahiti, mais j'en suis reparti vers deux heures du matin, elle n'aimait pas que je sorte de chez elle au petit jour et moins encore que sa femme de ménage risque de me croiser. Même en reconstituant mot à mot nos bavardages, je ne me souviens de rien d'insolite. Nous avions convenu de nous retrouver le surlendemain. Pourquoi pas le lendemain ? Parce qu'elle devait passer la soirée avec son ex-mari pour discuter d'une suite à son feuilleton de télévision. Je me suis habillé, elle m'a demandé un somnifère parce que sa boîte était vide. Je n'en avais pas. Je l'ai embrassée. Je lui ai murmuré que je l'aimais. Elle dormait déjà.

Est-ce que je l'aimais ? Assez pour ressentir une

vraie peine. Trop peu pour être désespéré. Combien de temps va-t-on me laisser moisir à 150 kilomètres de Budapest dans ce camp qui ne sert à rien ? Ni à impressionner l'adversaire extérieur, ni à maîtriser les Hongrois qui, les reins brisés par la normalisation, ne tenteront pas de sitôt un nouveau défi ; ils ont choisi la manière douce. Par le double secteur économique et la tolérance envers un marché noir effronté, Kadar laisse se développer un mieux-être rampant qui l'affranchit peu à peu de notre tutelle et nous désarme par contagion. Il suffit de voir les hordes de touristes russes qui dévalisent les boutiques de Budapest, avant d'aller se tremper les fesses dans le lac Balaton en ayant l'impression qu'ils sont à Monte-Carlo. Mes camarades y vont draguer des vacancières et parler du pays car on ne peut pas espérer grand-chose des Hongroises qui nous traitent comme une troupe d'occupation. Je préfère les promenades solitaires sur les quais du Danube où font escale les longs paquebots fluviaux, dont le parcours donne à rêver : l'Allemagne, l'Autriche, la puszta hongroise, les Portes de fer, la mer Noire... Ou bien sur la colline de Buda où le soleil du soir dore l'ancienne forteresse des rois d'Anjou. La statue monumentale de

Saint-Étienne domine le boulevard Attila : quel salmigondis historique ! Les chagrins d'amour rendent attentif aux paysages. J'aimerais cette ville si je n'étais pas frustré de Paris. J'en profite peu puisque mon casernement est perdu en rase campagne et que je ne bénéficie que d'une permission de sortie par semaine. Ma timide tentative pour retrouver un poste d'attaché militaire à l'ambassade a fait ricaner mon chef de bataillon... « Pourquoi pas carrément ambassadeur ? Et pourquoi pas la médaille de héros de l'Union soviétique pour avoir baisé une refuznik ? »

Il faut bien que je soliloque puisque je ne peux parler de Karine à personne. Ce n'est pas une très bonne idée de perdre ma nuit de liberté hebdomadaire dans ce bistrot de tziganes, mais c'est le tropisme classique de l'âme slave à la dérive. Ils sont vieux et las ces survivants des camps nazis et des purges staliniennes. Mais ils savent encore faire pleurer les violons. Et il y a cette femme énorme, surchargée de bijoux de pacotille, dont la voix est bouleversante : lorsqu'elle se brise sur un soupir, on sent derrière le murmure une formidable puissance retenue qui se libère dans la sauvagerie des notes hautes, un cri ancien comme les steppes...

Deuxième carafon d'alcool de prunes, centième, millième remâchage des mêmes questions.. Je tourne autour d'une impression confuse. Il me semble que dans les dernières semaines de nos rencontres, le comportement amoureux de Karine avait changé d'une manière difficile à définir, c'était plutôt un glissement qu'un changement. Elle cherchait moins son plaisir que le mien. Les préliminaires étaient les mêmes, elle allait au-devant de mes sollicitations, mais lorsque la houle commençait à nous emporter, Karine ouvrait plus grand les yeux sur moi, m'accueillait plus profondément en elle, ses mains sur mes hanches encourageaient mon travail de mâle, elle murmurait des mots de gratitude, mais elle ne m'accompagnait pas au bout de l'excitation. Plus radieuse qu'éperdue, elle cherchait moins à jouir qu'à être possédée.

Ratiocinations vaseuses d'un bidasse un peu rond pendant que les tziganes jouent *Gazy Gazy* avec une furieuse mélancolie. Karine est morte. Pour qui, pourquoi, comment, quelle importance ?

Nédellec se souviendra de ses vacances à Tahiti. Je ne voudrais pas être à sa place.

22

EXTRAITS D'UN RAPPORT MÉDICO-LÉGAL

ASPECT EXTÉRIEUR DU CADAVRE

Il s'agit du cadavre d'une jeune femme de morphologie longiligne, de race blanche, de corpulence moyenne, dont la taille est de 1,70 m environ.

La rigidité cadavérique est résolue.

Les lividités sont postérieures et discrètes.

La denture est entretenue.

L'examen systématique de la surface tégumentaire n'a permis de noter aucune trace de traumatisme décelable.

Absence de signe de contusion ou de plaie.

OUVERTURE DES CAVITÉS

Pratiquée selon les protocoles techniques classiques, elle a permis d'observer :

Au niveau du thorax

— l'intégrité des organes et viscères thoraciques ;

Au niveau de l'abdomen

— l'intégrité des organes et viscères abdominaux ;

— l'existence d'une grossesse non compliquée. L'ouverture de la cavité utérine montre un fœtus de deux mois environ, de sexe masculin ;

— l'estomac contient environ deux centimètres cubes d'un bol alimentaire à base végétale et de fruits à petits grains, en fin de digestion.

Au niveau de la tête

— l'existence d'une importante hémorragie cérébrale et sous-durale intéressant l'hémisphère gauche ;

— l'origine de cette hémorragie est facilement retrouvée. Il s'agit de la rupture d'un anévrisme de l'artère sylvienne gauche.

EXAMENS BIOLOGIQUES

L'étude des prélèvements effectués sur le contenu gastrique et les urines a été effectuée par le laboratoire de médecine légale. Aucune anomalie n'a été décelée. Absence en particulier de barbituriques dans les urines.

CONCLUSIONS

L'autopsie du cadavre a permis de constater :

1) que la mort est la conséquence d'une rupture spontanée d'anévrisme de l'artère sylvienne gauche ;
2) que la jeune femme était enceinte de deux mois ;
3) qu'il n'y avait aucun signe d'intoxication médicamenteuse

Fait à Paris le... (etc.)

23

SIMON NÉDELLEC

Georges est mort. Karine est morte. Un enfant ne naîtra pas. De ces trois drames, le premier était attendu. A Pitsounda, après les dix heures d'entretien avec Brejnev, je savais que la marche du mal s'accélérait. L'absence du président de la République au dîner du corps diplomatique, l'ajournement du voyage à Bonn, l'annulation de la visite officielle à Tokyo ne m'ont rien appris. Mais il ne suffit pas que des événements pareils soient prévisibles pour que leur choc soit moins brutal. La France qui n'avait pas de dévotion pour lui se trouve comme prise de court. *France-soir* a titré sur six colonnes : *Jusqu'au bout de ses forces.* C'est vrai.

Rien de plus sinistre que le tri des archives

personnelles qu'un fourgon va déménager. Les gardes de la loge d'honneur m'ont salué d'une manière moins mécanique qu'à l'accoutumée. Cette mort les touche aussi car, même s'ils n'éprouvent que des regrets superficiels, ils n'ignorent pas qu'ils devront apprendre les nouveaux comportements, les nouvelles exigences, les nouvelles manies des membres de l'équipe qui nous succédera.

Je ne reviendrai sans doute jamais dans ce bureau, aussi peu fonctionnel que la plupart de ses semblables à l'Élysée, mais dont les meubles hétéroclites prélevés au petit bonheur dans les stocks du mobilier national sentent le notaire ou le vieux médecin de campagne. Le design, l'électronique n'ont pas franchi la porte capitonnée. Même la pendule sur la cheminée est authentiquement Charles X ; elle continuera à marquer le temps pour quelqu'un d'autre puisque l'horloger du palais passera tous les dix jours la remonter, rectifier les quelques minutes qu'elle perd chaque semaine, comme il le fera des 150 pendules toutes d'époque, toutes différentes, qui sonnent les heures élyséennes avec une grâce que je regretterai.

Dans le dossier « privé » Mme Drapier a rangé

un certain nombre de notes manuscrites qu'elle considère *sensibles* et la seule photo de Karine que je possède. Elle sourit à l'objectif, à moi, dans le décor flou d'un petit canal : Venise, il y a trois mois. Karine porte un long manteau de fourrure gris-roux fait de peaux de loup différentes, dont les tons ne se confondent pas, un camaïeu de teintes fauves. Comment peut-on être debout, immobile avec autant de grâce ? Les danseuses ont le secret de disposer les lignes et les volumes du corps sans rien en lui « qui pèse ou qui pose ». Les dalles du sol luisent de la dernière averse, une bruine plutôt qui semble ne pas tomber du ciel, mais monter vers lui et cette grisaille fait chanter les façades. Karine est debout devant des alignements de crépis délavés dont l'effacement, par endroits, laisse deviner la couleur plus ancienne et c'est un festival de terre de Sienne éteinte, de garance foncée, d'ocre, de terre d'ombre brûlée, de rose passé, de gris innombrables. Les portes, les fenêtres, les jalousies peintes dans des couleurs plus sombres où le vert de chrome domine, sont découpées en rectangles étroits qui donnent de l'élan à cette ville basse. Au premier plan du décor, Karine sourit. A qui ? Portait-elle déjà l'embryon de son enfant ? Savait-elle même qu'elle était enceinte ? De son plein gré ? De qui ?

Je ne peux détourner les yeux de cette image énigmatique. Voici l'instantané du temps où tout était joyeux, les corps en fête, les consciences pures. Venise, c'était pour me faire pardonner par avance Tahiti. Les chocolats brûlants du Florian sont un bon antidote contre les rêves de punch-coco. Je m'attendrissais sur la compréhension de Karine à l'annonce de son exclusion du voyage polynésien. La présence à Paris du lieutenant Fedor Gagarine comptait sans doute pour beaucoup dans une aussi gracieuse résignation !

Il me semble déjà très loin cet hier où j'ignorais l'existence du personnage Gagarine et où mon chagrin se trouvait épaissi du sentiment de ma responsabilité dans cette mort inexpliquée. Je refusais de croire au suicide, façon de récuser l'hypothèse de ma culpabilité. Fait d'un peu de boue, l'homme garde dans les recoins de la conscience des traces de la fange originelle ; la révélation de Gagarine m'a procuré un soulagement ignoble, bien normal comme on dit ! Je pouvais me défausser d'une part, la plus lourde, de ma mauvaise conscience. Les conclusions de l'autopsie ont parachevé le balayage des remords. Mort naturelle...

Ce verdict qui m'innocente vis-à-vis de moi-même n'est pas glorieux mais il m'autorise à reprendre ma vie juste avant ce dîner chez les Raynal et le coup de téléphone de Béatrice :

« Je sais qu'Isabelle est aux sports d'hiver. Je t'ai invité une ravissante... »

La tragédie retombe à son vrai niveau : une aventure, une liaison avec une comédienne qui me trompait et qui est morte de mort *naturelle*.

Mais je sais bien qu'on ne revient pas en arrière. Karine m'a apporté une bouffée de jeunesse que je ne retrouverai plus. J'ai été amoureux d'elle, même si l'égoïsme s'en est mêlé ainsi que la vanité du grison qui ne déteste pas qu'on dise derrière son dos : « elle pourrait être sa fille ». Cela n'a pas été qu'une belle histoire d'amour-propre. Une dimension de la vie s'en est allée avec Karine : la légèreté. Désormais, je guetterai le moment inévitable où une jeune femme me parlera avec respect.

... Dernier dossier destiné à l'incinérateur : la décision de fermeture définitive des abattoirs de la Villette. Tout compte fait, un flot de milliards n'a pas sauvé ce chef-d'œuvre de la technocratie contemporaine. Il ne reste plus qu'à presser un bouton pour que se mette en branle une machinerie qui fait l'admiration des ingénieurs, mais qui n'a jamais eu l'occasion de fonctionner, parce que les éleveurs, les chevillards — soutenus par le bétail qui répugnait à gravir des rampes abruptes ! — ont déclaré forfait. Ce formidable assemblage de griffes, d'engrenages, de rails, de lames, de cuves, va retourner à l'état de ferraille, pur de tout sang versé. Je souhaite bien du plaisir à ceux qui hériteront de ce monstre inutilisable. Cela est sans doute destiné à « se précipiter dans l'indifférence de l'avenir ».

Et moi ? Les politiques s'agitent furieusement autour de la tombe à peine refermée. Chacun a l'œil fixé sur le calendrier constitutionnel. Les élections présidentielles doivent se situer 20 jours au moins, 35 jours au plus, après la vacance. On refuse déjà du monde. Les habituels candidats folkloriques feront leur tour de piste. Les Messmer, Faure, Royer, Fouchet, retireront leur candidature. Resteront sur la ligne de départ : Chaban, Giscard et Mitterrand. Chaban ne tiendra pas la distance. Giscard sera élu. Ce sera la fin de la carrière politique de Mitterrand ; Ronan prétend qu'il ferait un bon Président, mais je n'ai jamais accroché avec cet homme-là.

Giscard ne me gardera pas dans son cabinet, mais comme nos relations sont bonnes, il ne me laissera pas sur le sable. Dans trois mois on me proposera une ambassade. La publication du rapport d'autopsie, le retrait de la demande russe de restitution du corps de leur prétendue ressortissante, la mort du Président surtout qui rend la machination caduque, tout cela me refait une sorte de virginité. Quelques années loin de Paris et personne ne pensera plus à cet épisode. La presse, déjà, pense à autre chose. Je serai le seul à savoir que, reconnu innocent, je n'en redeviendrai pas pour autant honorable à mes yeux.

Avec ce règne beaucoup d'illusions vont prendre fin et d'abord celle qui nous fait dire : la crise est à nos portes. Elle est dans la maison et nous refusons de la voir. L'agence Gamma diffuse une photo de Depardon : dans les sables du Koweit se dressent les infrastructures d'une raffinerie ; une nuée ardente sort du sol ; au premier plan, vus de dos, deux Bédouins regardent flamboyer les bénédictions d'Allah. Ces flammes sous un ciel de feu, cette source vitale qui jaillit d'un désert mort, quel raccourci !

Les individus de l'abondance que nous avons été, les civilisations du gaspillage que nous continuons d'être, n'ont plus d'avenir. Le gouvernement des choses nous échappe à cause de la formidable déperdition d'énergie que provoque la simple gestion de nos richesses. Quant au gouvernement des hommes, nous perdons pied de plus en plus. Au fond, Mai 68 et le choc pétrolier auront été les deux signes les plus visibles d'une révolution profonde.

Et moi dans tout cela ? Ma situation économique n'est pas menaçante. Dans le milieu ouvrier, l'expression « il est débauché » n'évoque que le chômage, dans le mien, le même mot sent l'alcôve. Ma situation morale est moins confortable et je sens bien que le gouvernement de ma propre famille m'échappe. Isabelle a traversé cette situation fausse avec élégance — « Isa est admirable... » doivent dire ses amies — mais cette péripétie a dénoué, me semble-t-il, certains des liens qui nous tenaient assemblés. Isabelle me regarde à distance, sans trace d'hostilité, comme sans tendresse, avec une sorte de bienveillance ironique. Il est vrai que mon rôle de trompeur-trompé n'est pas reluisant. Comment vieillirons-nous ensemble ? Nous contenterons-nous de connaître les mêmes gens ? D'avoir non pas les mêmes pensées, mais « des pensées de même couleur » ? D'avoir lu les mêmes livres, vu les mêmes films ? D'avoir assez souvent envie des mêmes choses au même moment ? D'avoir des souvenirs communs à défaut de passions communes ? Peut-être en effet nous en contenterons-nous. Après tout, on dit de certains vieux murs qu'ils tiennent par la peinture !

Un poste à l'étranger nous rapprocherait. Isabelle serait une ambassadrice irréprochable. Elle rêve de Washington parce que son grand-père a construit la Résidence et qu'il ne lui déplairait pas de retrouver certains meubles sur lesquels elle estime posséder un droit dynastique. On ne me donnera pas Washington qui convient mieux à un grand « manager » sachant le patois de l'industrie et des affaires. En revanche je nous vois bien à Rome où même les contentieux se règlent avec le sourire, où le désordre est un effet de l'art, la politique un jeu de société. Isabelle serait la coqueluche de tous les princes romains et Dieu sait qu'il n'en manque pas ! Le palais Farnèse lui irait bien au teint.

Je vois moins l'insertion de Marie dans la galaxie diplomatique romaine. Sa présence à un dîner de gala dans la galerie des Carrache, à proximité d'un nonce apostolique, vêtue et « coiffée » comme une prostituée zoulou, proférant des sentences abruptes dans le langage raccourci qu'elle parle désormais, est une hypothèse inimaginable.

La vérité est que Marie m'inquiète pour des raisons moins frivoles que l'irritation ou la gêne que m'inspirent ses comportements iconoclastes. Le souci d'un confort minimum ne suffit pas à ce que je me contente des « ... ça lui passera... moi-même à son âge... » et autres rengaines à l'aide desquelles les générations mûres se défaussent de leurs devoirs d'aînesse. Isabelle esquive le sujet quand je l'aborde avec elle. Une seule fois, elle m'a proposé une analyse pleine de méandres freudiens qu'elle formulait visiblement à contrecœur et qui tendait à me faire réfléchir sur les mécanismes des jalousies amoureuses. Marie m'a toujours paru ravie de me voir coqueter avec les amies de sa mère, c'est une petite perversité féminine assez répandue. Pourquoi, soudain, ma liaison avec Karine l'aurait-elle rendue malheureuse ? Or c'est cela qu'elle est et qui la pousse à griffer. Si elle n'était jalouse que de moi, elle me réserverait l'essentiel de son agressivité qu'elle diffuse au contraire autour d'elle en toute équité. Je ne me risque plus à caresser ce petit chat enragé. Tout cela s'arrangera sans doute avec le premier garçon qui lui plaira et qui occupera suffisamment ses pensées pour qu'elle ne prête plus attention qu'à ses battements de cœur. Il paraît qu'elle sort avec Jean-Luc Dubois. Je ne pense pas que ce vieux jeune homme lui fasse grand usage. Du moins saura-t-il se conduire convenablement.

Quant à Ronan, nos relations personnelles sont bonnes. Nous avons parlé de Karine avec assez de simplicité. Il a appris l'existence de la plupart de mes autres liaisons car ces ragots-là courent les salles de rédaction mais il a vite soupçonné, dit-il, que Karine n'était pas qu'une passade de plus.

« Tu savais où tu allais avec elle ? »

Oui et non. Je sais que je n'aurais pas quitté Isabelle. Je ne sais pas comment auraient évolué mes relations avec Karine. Nous n'avons jamais parlé d'avenir et ce flou me convenait.

« Comprends-moi, Ronan, il me tombe du ciel une fille jeune, belle, indépendante, disponible, désintéressée... Je n'ai pas cherché plus loin.

— Et elle ? » m'a demandé Ronan.

La question ne se pose plus mais je jurerais qu'elle n'en cherchait pas davantage.

Au vrai, nous abordons les problèmes intimes d'autant plus volontiers que nous ne sommes pas à l'aise sur le terrain des idées générales. Presque toutes les chroniques de Ronan portent condamnation de ma famille politique, non pour des divergences tactiques qui sont le pain quotidien de ce petit monde mais à cause d'une opposition radicale à ce qu'il appelle « mes valeurs ». Il prétend que mon imagination est prisonnière du milieu politique au sein duquel j'évolue. Je pourrais lui retourner l'argument. On est toujours prisonnier d'un lieu ou d'un groupe. Le problème consiste à bien choisir ses compagnons de captivité. Je trouve souvent Ronan comme éborgné par ses concepts qui faussent sa vision de la réalité. Il lui manque d'avoir vécu plus longtemps pour accepter qu'un passé ne soit jamais simple.

24

ANTOINE LIMOUZIN

Léone a passé la surmultipliée et, à cette allure, notre mariage n'est plus qu'une question de jours ! Grâce à la complicité du gérant de la rue de Bourgogne, elle a été la première informée de la levée des scellés du studio de Karine Velle et elle s'est pointée, clés en main, sur les talons du commissaire de police. Déception : le studio, agréable pour une personne seule, est trop petit pour un couple. Espoir : l'appartement contigu est occupé par une dame âgée que ses enfants incitent à vendre pour aller se faire choyer dans une maison de retraite. Visite à la vieille dame en question cernée par son fils, un gros mou, et sa bru, ni grosse, ni molle mais sachant ce qu'elle veut : les sous de « mère ». Ils ont fort bien compris tous les deux que la mitoyenneté avec le studio de Karine Velle est un facteur de plus-value dont ils comptent tirer profit. De son côté, Léone *veut* cet appartement. Un aveugle verrait qu'elle ne discutera le prix que pour la forme. Il est très excessif, ce prix, et à son énoncé la pauvre vieille dame s'est ratatinée comme par l'effet d'un choc, elle est devenue translucide ; seul à lui prêter attention, j'étais seul aussi à remarquer cette diaphanéité soudaine, à deviner la sueur d'angoisse qui la couvrait. J'ai souvent observé chez mes malades l'effet diaphorétique de la peur lorsqu'ils attendent un diagnostic menaçant. Ici le diagnostic était clair et la malade ne s'y trompait pas.

Le gros mou a essayé de sauver la face :

« D'un côté comme de l'autre, c'est à ma mère de décider. »

Tu parles ! Elle ne pèse pas le poids, la pauvre vieille, devant le paquet d'argent qui fait briller les yeux de la bru. « Mère » ira en maison de retraite, son confort intérieur ne vaut pas ce prix-là.

Effarée elle regarde Léone qui ouvre les portes, sonde les murs et les cloisons, distribue les nouveaux espaces, ici le salon, ici mon « coin-bureau », il faudra sans doute agrandir la salle de bains, « vous permettez que je jette un coup d'œil, madame ? » « Mais oui, mais oui », répond le gros mou... Notre chambre sera l'ancien studio de Karine Velle, il suffira de percer une porte ici et nous serons tout près de la chambre d'enfant. La bru ne peut retenir un rapide coup d'œil d'expert sur le ventre de Léone pour savoir si l'enfant dont il s'agit est déjà en route.

« Je ne vous demande pas une réponse immédiate, dit Léone, mais convenons que d'ici la fin de la semaine...

— Oh, je crois que vous pouvez y compter », dit la vieille dame sur un ton d'infinie lassitude. Quelque chose en elle l'informe qu'elle ne survivra guère à la transplantation. Les trop vieilles plantes ne supportent plus le rempotage.

Avant de partir, Léone, le majeur replié, sonde une dernière fois le mur qui s'ouvrira sur la chambre où vécut Karine Velle.

En temps ordinaire je ne suis pas très impressionné par une autopsie mais, sur la table de céramique, elle était exceptionnellement belle ; blanche et froide, d'une harmonie physique irréprochable, les yeux clos sur un secret que nous allions dépecer. Au moment de saccager cette merveille de la nature — mais la mort avait commencé le travail — j'ai éprouvé un sentiment enfantin de sacrilège, notamment en pratiquant l'exploration obscène qui mettait en évidence un début de grossesse encore au stade de l'embryon. Il est des cas où la fameuse indifférence professionnelle n'est plus un refuge.

Le préposé nous a demandé ce qu'il fallait faire du corps. Étrange situation qui me remet en mémoire un livre sur la mort de Mata Hari, une danseuse elle aussi, dont un passage m'avait frappé. Après l'exécution et le coup de grâce, le greffier avait posé la question : « Quelqu'un réclame-t-il le corps ? » Personne ! Ce corps qui avait fait rêver tant de foules, ce corps qui avait dispensé tant de plaisirs et de regrets, personne ne l'avait réclamé ; après un simulacre d'inhumation, la dépouille de Mata Hari avait été livrée aux hôpitaux pour servir de pièces d'anatomie.

Karine Velle terminera elle aussi sa carrière comme squelette, qu'au terme d'un joyeux *tonus* les jeunes médecins présenteront à leurs petites amies éméchées en disant : « Devine qui c'est ? »

Cependant Léone aura fait récurer, repeindre, remeubler, redécorer notre chambre nuptiale et c'est là que nous ferons l'enfant qu'à la même place Karine Velle n'a fait qu'ébaucher. *E la nave va !*

25

RONAN NÉDELLEC

Je suis seul dans le lit. Françoise vient de me quitter pour sauter dans l'avion de... ? Je ne sais même pas où va l'avion de Françoise, je sais seulement que ce vol signifie trois jours d'absence et que je vais trouver le temps long. Quelle histoire improbable ! Au journal, quand la standardiste m'a passé une certaine Françoise Hamelin, je me suis demandé si ce nom était censé me dire quelque chose et j'ai posé franchement la question à ma correspondante qui a répondu : oui. J'ai accepté le rendez-vous qu'on me proposait parce que la voix était sympathique et à cause de la promesse de révélations me concernant.

Lorsqu'elle m'a rejoint à mon bar habituel, j'ai été soulagé de constater que son visage m'était inconnu. Il ne s'agissait donc pas de la résurgence d'une brève rencontre oubliée ; ce type de situation est rarement agréable. A la réflexion son nom n'évoquait toujours rien, sinon l'impression floue de l'avoir entendu prononcer ou peut-être lu sans y prêter attention.

« Vous êtes au-dessous de votre réputation de journaliste. Je suis née à Brest à la fin de la guerre. Le père de Karine Velle s'appelait Hamelin. Je ne l'ai pas connu mais il était mon oncle et, donc, Karine, ma cousine. Votre excuse est qu'elle n'a pas fait figurer son patronyme français sur son acte de mariage mais on a cité le nom de son père dans quelques articles. »

Dans le métier on se méfie des informateurs qui prennent un scandale en marche pour grappiller des miettes de notoriété ou un peu d'argent de poche. Avant de m'engager plus avant je voulais des réponses à quelques questions préalables et d'abord celle-ci : pourquoi avoir attendu si longtemps avant de prendre contact avec moi ?

Notre premier dîner nous a permis de mettre au clair les détails accessoires. Hôtesse sur les long-courriers d'UTA, Françoise Hamelin prenait des vacances dans le Queensland australien où « l'Affaire » était évidemment passée inaperçue.

Puis, trois escales de service à Nouméa, Djakarta et Singapour avant de regagner Paris pour y apprendre la mort de Karine et trouver une lettre de celle-ci, vieille de trois semaines, la chargeant d'une mission auprès de mon père, mission dont elle souhaitait d'abord m'entretenir.

Trois ans auparavant, le tapage fait autour de *La Belle Étrangère* et de la fille du héros de Normandie-Niémen avait incité Françoise à vérifier l'hypothèse de leur cousinage ; d'où la naissance d'une sympathie mutuelle évoluant bientôt vers cette forme d'intimité dont les femmes ont le privilège ; d'où les confidences que Françoise voulait partager avec moi pour me laisser juge de l'usage qu'elle devait en faire, compte tenu d'une mort qui enlevait à la principale intéressée toute possibilité de revenir en arrière.

Cela risquait d'être une longue histoire. Françoise m'a proposé d'aller chez elle le lendemain. J'ai lu la lettre de Karine avec le trouble qu'on ressent en face d'un texte qui n'était pas destiné à être une confession d'outre-tombe mais le discours d'une vivante à une autre vivante, le point de départ d'un dialogue, au lieu de ces *dernières paroles* involontaires promues par hasard à la dignité de testament.

Nous avons parlé longuement de Karine et cette femme qui me racontait une autre femme aux prises avec ses incertitudes amoureuses a cessé de m'être étrangère. Je ne sais plus — je ne sais *déjà* plus — qui a fait le premier pas vers l'autre. Pas question de coup de foudre conforme aux poncifs du genre avec mains tremblantes, ballet du soleil et des étoiles, harpes célestes, temps suspendu et mutisme apeuré au seuil de la métamorphose. La beauté de Françoise n'est pas de celles qui sautent aux yeux et allument des incendies. Elle est légèrement rousse sans rien de flamboyant, le visage à peine marqué de taches de son, le regard entre bleu et vert, la bouche sage, la silhouette fine dont la féminité reste discrète, celles dont on dit : elle n'est pas mal. Je crois que c'est d'un commun accord que nous nous sommes laissés aller à l'extrême tendresse qui prépare à l'amour. Elle est de ces femmes que la nudité transfigure contrairement à tant d'autres dont le charme doit beaucoup à la toilette et résiste mal à l'effeuillage qui les réduit à ce qu'elles sont. Habillée, Françoise peut passer inaperçue, nue elle devient éblouissante, non plus simple objet de désir mais sujet d'émerveillement. Roulez tambours et fermez le ban, les mots ne font pas le poids !

Seul dans ce lit où elle a laissé son odeur et ses empreintes, je m'efforce à me persuader de la banalité de l'aventure : sauter une hôtesse de l'air, après tout... ! Mais les vertus thérapeutiques de la vulgarité ne me sont cette fois d'aucun secours.

En mettant sa « tenue de travail » de bon matin, Françoise a plaisanté :

« Si j'avais été en uniforme hier soir, je me serais déshabillée devant toi moins simplement. Les hôtesses sont virtuellement déshabillées pendant chaque vol. Dans nos parcours d'avant vers l'arrière les regards de la plupart des passagers s'attardent sur nos seins ; dans les trajets d'arrière vers l'avant, nos fesses sont examinées avec d'autant plus d'insistance que nous ne voyons pas nos examinateurs. J'ai parfois l'impression de descendre d'avion avec un uniforme graisseux. »

Pendant cette longue nuit blanche, dans les intervalles des élans où nous nous confondions, elle m'a raconté à bâtons rompus une Karine dont les lettres jonchent la table de nuit. Cette correspondance ajoutée aux confidences directes fait émerger du flou un personnage beaucoup plus attachant que les apparences ne le laissaient supposer.

Dans sa première lettre, elle donne les raisons qui lui ont fait déserter son pays. Elle n'a jamais été malheureuse ou persécutée, contrairement à ce qu'elle a prétendu par tactique (ainsi que je l'ai soupçonné). L'école de danse, puis le ballet Moïsseiev constituaient un cocon privilégié à l'abri de beaucoup des incommodités de la vie quotidienne en URSS. Rien ne la menaçait mais elle explique très bien que, dans le système soviétique, ne rien craindre signifie aussi ne rien espérer :

« ... Je ne suis pas certaine que tu puisses comprendre parce que tu es façonnée par ta vie française, son principe d'incertitude et tous vos merveilleux problèmes ! En arrivant à Paris, je me suis jetée sur les journaux qui sont le comble de l'exotisme, ils sont pleins de questions ; chez nous il n'y a que des réponses. Chaque matin, des millions de Français se demandent ce qui va se passer pour le vote de ceci, la manifestation pour ou contre cela, la longueur des jupes dans les nouvelles collections, le congrès du parti untel — vous en avez tant —, ou le préavis de grève des policiers en tenue, ou la courbe du chômage et ainsi de suite... Tu ne peux pas savoir comme c'est tonique de ne pas connaître d'avance le résultat d'une élection, les progrès de la sidérurgie et, pour parler de moi, puisque c'est cela qui t'intéresse, de ressentir cette peur diffuse du lendemain qui fait la fortune de vos caisses d'épargne. Tu vas me trouver complètement tordue, mais la vraie raison de mon passage à l'Ouest a été mon angoisse grandissante devant mon avenir, la terrible sécurité d'un avenir tracé une bonne fois pour toutes. Je me voyais année après année, affublée du même costume folklorique, tournoyant au son d'une musique épouvantablement entraînante, en agitant une gerbe de blé ou un bouquet de coquelicots devant des salles toujours pleines, toujours enthousiastes avec, en rappel, une pincée de Chostakovitch ! Quoi de pire qu'un sort invariable !

« Je te jure, ma Françoise, que je n'avais pas prémédité ma fugue. Je me suis trouvée sur le pont Alexandre III, c'était un soir, il avait plu, la lumière était bouleversante au couchant et j'ai cru voir dériver dans le courant les milliers de bottes de fleurs et de céréales symboliques, les futurs accessoires d'une carrière dont je ne voulais plus mais que je ne pouvais pas, que je ne pourrais jamais modifier en restant en Russie. »

Ainsi donc, Karine a sauté le pas par goût du risque. Elle ne manquait pas d'atouts : bonne danseuse, origine française, parlant la langue, belle... D'après Françoise, lorsqu'elle a été abordée par Bernard Velle, Karine a cru à une drague classique. Elle était disposée à jouer le jeu, quitte à mettre ses scrupules au placard pour les ressortir le moment venu dans un bon état de fraîcheur. Elle ne savait pas encore qu'elle venait de tirer le gros lot : un mariage, une nationalité, la gloire, la présence à ses côtés et dans son lit d'un homme utile, loyal et généreux, le *jack-pot* !

L'estime, la tendresse, le succès énorme de *La Belle Étrangère* ont tenu lieu d'amour pendant quelques années. La séparation s'est opérée avec le minimum des heurts habituels en pareil cas. Mais Karine avait découvert entre-temps une forme d'aliénation sournoise et souriante dont elle ne s'était pas méfiée.

« ... Je n'avais jamais vécu avec un homme et je ne connaissais pas leur talent inné pour rendre les femmes conformes a l'image qu'ils se font d'elles. Le cas de Bernard est exemplaire. Lorsqu'il m'a rencontrée, il ne connaissait rien de moi et, d'en trée de jeu, j'ai proclamé que parler de mon passé m'était douloureux. Gros mensonge qu'il n'a jamais mis en doute parce qu'il est un cœur simple. Il a donc commencé à façonner à partir de rien l'image de *sa* femme, la seule image authentique, garantie grand teint. Jour après jour, il a accumulé les matériaux de sa construction, engrangeant les détails de la vie courante qui, convenablement agencés, finissaient par me donner des contours et une certaine pesanteur. Une opinion formulée sur l'impression de l'instant, un goût ou un dégoût purement circonstanciels devenaient irréversibles. J'avais pris grand soin de n'être qu'une page blanche pour m'évader des figures imposées de ma vie antérieure et inventer moi-même ma personnalité future. On était, à nouveau, en train de me préfabriquer. Comprends-moi, je ne reproche rien à Bernard, il ne cherchait pas à m'imposer un personnage de son choix, il croyait le plus sincèrement du monde que sa vision de moi, celle qu'il diffusait autour de nous, était candide, incontestable. Et j'ai commencé à voir dans le regard d'autrui une Karine qui adorait Mozart, qui préférait les groseilles à tous les autres fruits, qui boudait les romans policiers, les liqueurs fortes et les boîtes de nuit, qui recherchait les couleurs douces, la cuisine simple, mystérieuse, cela va de soi, volontiers pudique (je ne me promenais pas nue devant Bernard pour éviter des élans qui me pesaient souvent), une Karine "folle" des chapelles romanes parce qu'un jour j'avais aimé la découverte de l'église de Saint-Philbert-de-Grand-Lieu et ainsi de suite... Je te cite exprès des exemples sans grande importance pour te décrire une sensation confuse de ré-internement. J'avais choisi la liberté, comme on dit chez vous, et je me retrouvais sur des rails. Pour un peu j'aurais cauchemardé sur le retour de mes coquelicots et de mes gerbes de blé... »

C'est un peu gauchement exprimé mais cela sonne juste. Pas d'auto-analyse, cette tarte à la crème contemporaine, exercice aussi ennuyeux que les photos de vacances des autres et vain puisqu'il faut n'avoir nul besoin d'analyse pour pouvoir s'auto-analyser. Aucun désordre psychologique chez Karine, aucun trouble du comportement mais l'explication toute simple de mensonges tendant tous à la revendication d'un droit, celui de pouvoir affirmer à tout moment: je ne suis pas celle que vous croyez. Cette ambition ne me paraît pas frivole.

En quittant Bernard Velle et, plus tard, en rencontrant mon père, Karine a pris soin de ne plus se laisser dessiner à gros traits mais, avec Simon, elle ne risquait pas grand-chose. Simon est beaucoup trop indifférent pour se pencher longuement sur un personnage, fût-il planté sur des jambes superbes. Autrui l'intéresse, et parce qu'il est indifférent, il peut manifester une bienveillance universelle, voire une réelle attention à tout ce qui passe à sa portée, cela ne lui coûte rien, ou si peu !

Qu'était Simon pour Karine ? Qu'était Karine pour Simon ? Voici qu'une femme dont je vais peut-être tomber amoureux m'ouvre des horizons sur la vie amoureuse de mon père, lui-même avare de confidences – à un point rare – sur ce chapitre. Ce n'est pas une situation courante.

Qu'était Simon pour Karine ? Au début de leur liaison : une solution de facilité. Il était tenu à une certaine discrétion dans sa vie privée – ma mère, ma sœur, moi –, comme dans sa vie publique et elle souhaitait précisément le compagnonnage d'un homme qui lui laisse une grande marge de liberté. De son côté, Simon venait de s'évader d'une aventure avec une jeune femme qui avait contracté, chemin faisant, des sentiments de passion d'un degré incompatible avec la nonchalance de mon père. Les chagrins d'amour ne lui paraissant pas très « honorables », il avait laissé la malheureuse se consumer seule au cœur de son brasier, considérant qu'il s'agissait de la rupture unilatérale d'une convention tacite.

La rencontre de ces deux égoïsmes était providentielle, selon Françoise, les similitudes de leurs arrière-pensées les avaient aussitôt rapprochés et Karine avait apprécié comme une friandise la légèreté de leur stratégie amoureuse, registre dans lequel mon cher Simon est imbattable.

Mais dans ce type de contrat, il est rare que les deux partenaires marchent longtemps du même pas. Vint l'époque où Karine supporta avec moins de plaisir que Simon lui dise « au revoir » avec un aussi tendre naturel mais aussi peu de regrets véritables. Non pas qu'ils fissent l'amour avec moins d'agrément mais Karine aspirait à un peu plus de pesanteur dans leurs relations. Dans l'une de ses lettres à Françoise j'ai épinglé une formule très aiguë : « C'est un amant irréprochable, *sans plus*. » On n'a jamais mieux défini Simon. Dans les différents compartiments de sa vie, dans ses actes publics, notamment, il est souvent irréprochable, *sans plus*.

Ce *plus* que recherchait Karine — et que faisons-nous d'autre, tous ! — a pris la forme de Fedor Gagarine. Il semble que le hasard n'ait joué aucun rôle dans cette rencontre et que le NKVD voulait, à tout le moins, compromettre le conseiller de Pompidou. Karine n'y a vu qu'une coïncidence heureuse, toute à la joie de retrouver non seulement son premier amant, mais l'air frais du pays.

Elle a longuement parlé à Françoise de Fedor qu'elle lui a présenté rue de Bourgogne à l'occasion d'un dîner à trois au terme duquel le jeune diplomate n'a pas joué la comédie de prendre congé pour revenir en catimini.

Je passe sur les scrupules et les remords d'usage en pareil cas : « Je me conduis comme une salope... je devrais dire la vérité à Simon... mais après tout, nous avons décidé d'être libres l'un et l'autre... Fedor ce n'est pas la même chose... Que ferais-tu à ma place ?... » Litanies invariables des traverses amoureuses lorsqu'il s'agit de négocier les incommodités de la mauvaise conscience.

Dans ce lit de hasard où mon propre destin a peut-être bifurqué, je déchiffre une correspondance qui ne parle plus que de la fête des corps. Le rapprochement des lettres consacrées à Simon et, à deux ans d'intervalle, de la première confidence intime sur les retrouvailles avec Fedor fait un choc. On passe d'un climat paisiblement amoureux à un déchaînement sensuel confessé avec joie et sans retenue aucune. Le cosaque était un sabreur d'élite et Karine une partenaire impatiente d'explorer l'univers d'un érotisme dont elle ne connaissait, semble-t-il, que les régions tempérées. Jusqu'où serait-elle allée dans ce voyage au bout du plaisir ? L'événement qui a précédé une éventuelle satiété est contenu dans la dernière lettre reçue par Françoise.

« Ma chérie, je suis enceinte, heureuse et perplexe. Je suis enceinte parce que je n'ai rien fait pour ne pas l'être ces derniers temps. Je suis heureuse parce que j'ai la certitude d'être enceinte de Fedor qui est beau, fort et un peu fou comme j'aimerais que soit l'enfant, parce que ce père involontaire disparaîtra tout naturellement de ma vie lorsqu'il sera rappelé à Moscou et que je n'imagine rien de meilleur que le tête-à-tête avec mon petit. Je suis perplexe vis-à-vis de Simon. Je ne veux pas le laisser fantasmer sur une paternité qui le conduirait à se croire des devoirs et bientôt des droits, mais comment le désabuser sans être trop cruelle ? Dans une semaine il rentrera de Tahiti. Toi-même tu ne tarderas pas, j'espère. J'ai besoin de tes conseils. Faut-il dire toute la vérité ? Une partie de la vérité et dans ce cas, laquelle ? Il ne s'agit plus de petits mensonges sans gravité et je ne suis pas douée pour le drame. Ne me juge pas mal et invente une solution... »

La défaillance du corps a mis un point final aux incertitudes de l'esprit. Françoise me laisse juge de ce qu'il faut révéler à Simon. Puisqu'il connaît l'existence de Fedor je ne vois pas l'intérêt d'entrer dans le détail. Karine voulait avant tout lui éviter les affres de la responsabilité. Je crois que Simon fera le travail tout seul et que le déplaisir d'avoir été trompé suffira à son malheur. Je le sous-estime peut-être et dans ce cas il souffrira. Tant mieux, il en a besoin.

Je vais quitter cette chambre avec l'espoir d'y revenir. Si je m'attarde on bouclera le journal sans mon édito. Les affaires de cœur ne sont pas de saison mais le retour dans le siècle manque de charme. L'empoignade autour de la tombe de Pompidou n'a rien que de classique sinon une accumulation de perfidies au-dessus de la moyenne saisonnière mais, plus ou moins confusément, chacun sent le monde instable. C'est une atmosphère de fin de règne et pourtant Pompidou n'a pas cherché à régner, c'eût été faire violence à sa nature profonde. Nous voici au seuil de révisions nécessaires et inconfortables. Dans le climat de mollesse et de flou de ces dernières années, la France s'accommodait d'une sorte de bonheur terne géré par un club de copropriétaires du pouvoir. Le gros bourdon de Notre-Dame n'a pas sonné le glas d'un seul homme, fût-il le premier des Français.

Je n'ai plus le temps de passer chez les parents comme j'en avais l'intention et comme je le fais presque chaque jour depuis que nous avons deux morts dans la famille. Ces deux morts n'ont pas de rapport sinon pourtant leur point de rencontre avec nos vies personnelles et, en fin de compte, c'est bien à cette aune que nous mesurons les événements. Simon est doublement atteint et je me demande laquelle des deux blessures cicatrisera le plus vite. Mais la sortie de scène de Karine a bien d'autres conséquences indirectes. Qui sait jusqu'où se propage l'onde de choc ? Autour de moi je peux recenser des victimes et au moins un bénéficiaire. Isabelle a perdu l'équilibre précaire que ménageait le balancier de deux égoïsmes. Marie a fait la connaissance d'une sorte de blessure dont son âge l'avait jusqu'ici préservée et je ne sais trop ce qui résultera de cet apprentissage précoce. Bernard Velle perd sur tous les tableaux. Le bénéficiaire est moi vers qui Karine a conduit Françoise, sa meilleure amie, promise, si je n'affabule pas, à devenir une familière de mon père sur le compte duquel elle en sait déjà tant !

Un concours de circonstances

J'imagine que bien d'autres personnes dont j'ignorerai toujours l'existence se trouvent impliquées dans cette ronde pour le meilleur ou pour le pire, tant les facéties des hasards sont inépuisables. Combien sommes-nous qui, de temps à autre et même fugitivement, discernerons sur les péripéties de notre vie l'ombre portée d'une danseuse morte ?

TABLE

Achevé d'imprimer le 8 février 1990
sur presse CAMERON,
dans les ateliers de la S.E.P.C.
à Saint-Amand-Montrond (Cher)
pour le compte des éditions Grasset
61, rue des Saints-Pères, 75006 Paris

N° d'Édition : 8148. N° d'Impression : 276
Dépôt légal : février 1990.

Imprimé en France

ISBN 2-246-27461-3